이따금 자연의 품속으로, 이따금 사람의 흔적을 찾아

이따금 자연의 품속으로,
이따금 사람의 흔적을 찾아

지은이 · 김연옥
발행인 · 김윤태
발행처 · 도서출판 선
편 집 · 오경애

등록번호 · 15-201
등록일자 · 1995. 3. 27

초판 1쇄 인쇄 · 2008. 6. 15
초판 1쇄 발행 · 2008. 6. 20

주   소 · 서울시 종로구 낙원동 58-1 종로오피스텔 314호
전   화 · 02-762-3335 팩스 02-762-3371
E-mail · sunytk@hanmail.net

값 10,000원
ISBN 978-89-86509-56-4 03810

이따금 자연의 품속으로, 이따금 사람의 흔적을 찾아

김연옥 지음

일러두기
글들 끝에 써 둔 날짜는 인터넷 신문인 오마이뉴스에 실린 날짜입니다.

책을 내면서

　습관처럼 되풀이되는 단조로운 일상이 삶의 든든한 힘이라고 한다면, 마음의 잔잔한 떨림으로 길을 떠나는 여행은 그 일상을 새롭게 받아들이며 잘 버텨 나가게 해 주는 버팀목이 된다. 팍팍한 일상이 주는 우울함을 털고 삶의 유쾌함을 찾아 그저 떠나고 싶을 때, 나는 숨이 턱 막히는 듯한 일상의 삐걱거리는 계단을 밟고 경쾌한 걸음걸이로 싱싱함이 넘치는 멋진 시를 읊으며 길을 나섰다.

　산을 찾는 기쁨을 처음으로 알게 해 준 마산 청량산은 내게는 상큼한 첫사랑 같은 산이다. 지금 살고 있는 아파트 뒤로 있는 작은 산이지만 연분홍 진달래가 피어나는 봄이면 참 예쁘다. 그리고 내 젊은 날의 풋풋한 추억이 서려 있는 돝섬을 바라볼 수 있어 좋다. 이따금 청량산을 찾을 때면 나는 마음의 배를 타고 잔잔한 바다에 한가로이 떠 있는 그 섬으로 떠난다. 그것이 내가 굳이 마산 청량산을 책 속에 담고 싶었던 이유이다.

　산악회 따라 산행을 하다 더러더러 일행을 놓쳐 버리기도 했다. 사진을 찍거나 아름다운 경치에 흠뻑 빠져 있다 보면 어느새 일행은 사라지고 없다. 그나마 산을 타는 사람들이 드문드문 보이면 마음이 놓이지만 길을 잘못 들어 고요한 산길을 혼자서 한참 동안 걸어가야 할 때는 끝도 보이지 않는, 그래서 알 수 없는 산길에 그만 갇혀 버릴 것만 같아 두렵고 막막했다.
그런 면에서 가까운 친구들과 사람의 흔적 따라, 역사의 숨결 따라 떠나는
여행은 참 느긋해서 좋았다. 더욱이 왁자지껄하며 함께 길을 나설 수 있는
친구들이 내 곁에 있다는 것이 행복했다.

우습게도 사람 많은 이 세상에 살면서도 우리는 늘 사람을 그리워하지
않는가. 어쩌면 까탈을 부리지 않는 수더분한 사람, 무심코 던진 한마디 말
에 날을 세우지 않는 무던한 사람, 얄팍한 욕심을 부리지 않는 담백한 사람
이 그리운 것인지도 모른다. 저마다 살아가는 방식은 다르지만 자신의 어
설픈 모습을 드러내기를 주저하지 않는 진솔하고 소박한 사람이 그리워지
면 지금 당장 깔깔한 일상의 자리를 털고 일어나 여행을 떠나라고 말하고
싶다.

젊은 시절 어머니의 권유로 잠시 신문 기자 생활을 한 적이 있었다. 그때
는 글 쓰는 작업이 즐겁지 않았다. 그래서 기자를 그만둔 뒤로 글을 쓰지 않
았다. 2004년 7월에 인터넷 신문인 오마이뉴스와 첫 인연을 맺게 되면서
글을 다시 쓰기 시작했다. 이 책에 실린 글들은 직장 생활 틈틈이 오마이뉴
스에 썼던 기사 가운데 산행과 여행에 관한 글 일부를 뽑은 것으로 산행, 국
내 여행, 역사 기행, 외국 여행의 4부로 나누어 보았다. 책에 싣기에 좀 어
색한 글귀는 다듬고 중복되는 내용을 빼기도 했다.

이 글들은 지난 몇 년 동안 살아온 내 삶의 향기이고 색깔이다. 그리고
가까운 친구들과 함께한 따뜻한 이야기들이다. 자연과 우리들 삶에 대한

짧은 생각을 반짝반짝 빛나는 언어로 옷을 입혀 세상으로 걸어 나오게 내 감성을 일깨워 준 김용환 목사님, 우리 역사 이해의 길라잡이 김건선 선생님과 여행길의 편한 친구 조수미에게 고마움을 전하고 싶다. 신선한 감각으로 이따금 뜨끔한 지적을 서슴지 않는 고마운 아들과 마음으로 늘 든든한 울타리가 되어 주는 형제들이 없었다면 이 책도 세상에 나오지 못했을 것이다. 특히 두 분, 시골의 낭만적인 의사였던 돌아가신 아버지와 화려한 소프라노 가수였던 돌아가신 어머니가 못내 그립다.

2008년 6월

김 연 옥

1부_ 산행

2부_ 국내 여행

3부_ 역사 기행

4부_ 외국 여행

1부_ 산행

산은 늘 아름다운 유혹이다. 감미로운 암갈색 초콜릿이나 혀끝에서

살살 녹는 아이스크림 맛 같은, 달콤한 유혹으로

내 마음을 온통 사로잡아 버린다. 그래서 이따금 우중충한 회색의 도시를

벗어나고 싶을 때면 하얀 유리창을 톡톡 경쾌하게 두드리는

빗방울처럼 가벼운 걸음으로 나는 드넓은 자연의 품속으로 달음질친다.

터지는 벚꽃들, 황사도 못 말려 ~
경남 마산 무학산에 오르다

4월이 시작되는 첫날, 나는 무학산761.4m, 경남 마산시 교방동 산행을 하러 오전 9시께 집을 나섰다. 이른 아침에 가는 빗줄기가 흩뿌렸지만 비는 이제 그친 것 같았다. 그러나 잿빛으로 찌푸린 하늘에 황사가 심해 온 도시가 뿌연 느낌이 들었다. 학이 날아갈 듯한 형상을 하고 있는 무학산은 마산 사람들이 가장 즐겨 찾는 산이다. 그리고 오랜 세월을 마산에서 살아온 내게는 늘 애틋한 사랑으로 다가오는 산이기도 하다.

무학산 정상에 이르는 길은 여러 갈래이지만 나는 벚꽃 구경을 하고 싶어서 서원곡에서 산행을 시작하기로 마음먹었다. 서원곡은 우리집에서 자동차로 15분 정도 걸리는 위치에 있다. 그곳으로 가는 길 따라 벚나무들이 줄지어 서 있어 그 길을 달리게 되면 차창을 스쳐 가는 풍경이 온통 하얗다. 마치 제철도 모르고 하늘에서 떨어진 눈송이 같다고나 할까. 서원곡에는 하얀 벚꽃이 바람에 눈가루 휘날리듯 흐드러지게 피어 있었다. 이따금 벚

마산 서원곡 벚꽃

꽃을 바라보면 마음 한구석이 불편하다. 그럴 때면 꽃은 그저 꽃일 뿐인데 하는 생각에 나라꽃이란 것을 만든 사람들이 괜스레 미워지기도 한다.

요즘에는 만우절도 왠지 싱겁다. 평상시에도 입에 침도 안 바르고 거짓말을 해 대는 사람들이 많아서 그런지 모른다. 예전에는 만우절이 되면 가벼운 거짓말에 서로 속아 넘어가면서도 참 즐거웠다.

서원곡 코스는 꽤 가파르다. 그래도 군데군데 약수터가 있어 목을 축일 수 있다. 그리고 드문드문해도 연분홍 진달래꽃이 피어 있어 마음이 설레었다. 평평하고 널찍한 서마지기에 도착한 시간이 오전 11시께. 기다란 나무 계단을 한참 오르면 무학산 정상에 이르게 된다. 그런데 바람이 어찌나 불어 대던지 차가운 겨울이 다시 온 것 같았다. 정상 부근의 연분홍 진달래들은 꽃망울을 아직 터뜨리지도 않았다. 더욱이 심한 황사로 파란 바다도 볼 수 없어 못내 아쉬운 데다 목도 안 좋았다.

나는 하산을 마산여중 쪽으로 하기로 했다. 진달래가 많은 길이기 때문이다. 그런데 그 길에도 진달래 꽃망울이 아직 터지지 않았다. 너무 실망스러웠지만 어쩔 수 없는 노릇이다. 한참 내려가자 연분홍색 물감을 풀어 놓은 듯 진달래꽃들이 꽤 피어 있어 그나마 아쉬움을 덜었다. 게다가 꽃 하나하나 자태가 고와 한 폭의 동양화를 보는 듯했다. 수필을 쓴답시고 주홍빛 스탠드 밑에서 글들을 긁적거렸던 대학 시절이 떠올라서 그럴까. 나는 진달래꽃을 바라보면 왠지 연분홍 등불 같다는 생각이 자꾸 든다.

마산은 내 고향이다. 서울에서 대학을 다녔던 4년이란 시간을 빼고는 마산을 떠난 적이 없다. 내 형제들은 그런 나를 두고 우스갯소리로 '마산 지킴이'라 부른다. 다른 사람들이 마산을 어떻게 말하든 나는 고향 마산이 편안한 기분이 들어서 좋다. 그리고 돌아가신 아버지와 어머니의 추억이 서려 있는 곳이기도 하다.

문득
살아있는 것이 눈물겨울 땐
여전히 별 뜨고 해 지는
푸른 산허리에 서서
세상에 두 아들 놓아두고
먼저 고이 떠난 아버지, 어머니를 떠올려 불러 봅니다

문득
지은 죄가 부끄러운 줄 모르고 눈앞을 가릴 땐
어김없이 동트는 아침 태양에
속살 드러내는 창문가 나무 십자가 앞에서
긴 고통 풀어 놓습니다

문득
언젠가 떠날 그날이 떠오르면
오늘도 어지럽혀 놓은 서재
치울 일이 까마득하기만 합니다.

　– 김용환의 단상斷想 '문득'

　얼마 전 내가 다니는 교회에서 목회를 하는 김용환 목사님의 단상斷想을 교회 홈페이지에서 읽고 문득 내 부모님을 떠올렸다. 나는 성악을 전공해서 그런지 화려한 것을 좋아했던 어머니보다 소탈한 아버지의 검소함을 더 닮았다. 의사였던 아버지는 소박한 잠바 차림에 고무신을 즐겨 신고 다니셨다. 지금도 크고 투박하게 생긴 내 손발을 볼 때마다 "너 엄마 손발을 닮았으면 예뻤을 텐데…"하시던 아버지 말씀이 잊히지가 않는다.

　　그날 지독한 황사에도 무학산을 찾은 등산객들이 많았다. 다른 고장에서
온 등산객들도 더러 보였다. 아마 고운 진달래꽃을 기대하고 왔을지도 모
르겠다. 진달래 꽃망울마다 톡톡 터지는 화사한 그날이 오면 꼭 그 꽃길을
다시 걸어 보고 싶다. 그래서 연분홍색 진달래꽃의 아름다움에 흠뻑 취하
고 싶다. _2007. 4. 2

■찾아가는 길
•남해고속도로 서마산 I.C→산복도로→서원곡→서마지기→무학산 정상

비 내리는 황매산, 구름과 안개의 절경
이 세상 소풍 끝낸 '철부지' 남기용 선생님을 떠나보내며

황매산1108m은 경남 합천군 대병면, 가회면과 산청군 차황면의 경계에 있는 산으로 아름다운 철쭉 군락지로 널리 알려져 있다. 내가 살고 있는 마산에서 그렇게 멀지 않은 곳이라 꼭 한번 찾고 싶었던 산이다. 지난 12일 마침 황매산으로 산행을 떠나는 산악회가 있어 따라나서게 되었다.

오전 8시에 마산을 떠난 우리 일행은 10시 10분께 경남 산청군 차황면 장박리 장박마을에서 내려 산행을 시작하였다. 산행 전날에 들은 일기예보대로 비가 내려 나는 등산용 비옷을 걸치고 우산까지 폈다. 지난해 9월에 꽃무릇 보러 간다고 전남 영광 불갑산 산행을 나설 때도 태풍 '산산'의 영향으로 비가 몹시 내렸다. 그때 고생했던 기억이 자꾸 떠올라 비가 온다는 일기예보를 접하면서 산행을 갈까 말까 망설였다.

제법 굵은 빗방울이 계속 뚝뚝 떨어졌다. 연분홍 산철쭉들이 비에 젖어 후줄근했다. 질퍽질퍽하고 안개까지 뿌옇게 낀 산길을 걸어가는 내 기분도

후줄근했다. 사실 그날은 동요를 부르는 '철부지' 의 남기용 선생님을 저세
상으로 떠나보내는 날이었다. 지난 10일 밤에 남기용 선생님이 암으로 결
국 돌아가셨다는 연락을 받고 나는 가까이 지내는 몇몇 사람들과 함께 창
원에 있는 병원으로 달려갔었다. 남선생님은 아름다운 영혼을 가진 분이었
다. 오랜 세월 신장염을 앓아 온 아내를 사랑으로 병 수발한 것만 봐도 알
수 있다. 순수 우리말 또한 끔찍이 아끼던 분으로 하모니카를 신나게 곁들
이며 행복한 노래를 부르던 그의 얼굴을 한동안 잊지 못할 것 같다.

　주룩주룩 내리는 비까지 맞으며 산행을 한다는 것이 내가 생각해도 참
청승맞은 짓이다. 그와의 이별을 슬퍼하며 하염없이 흘리는 이 세상 친구
들의 눈물로 여겨지기도 했다. 산행 내내 끝없이 이어지는 연분홍 산철쭉
밭을 바라보면서 왠지 찬란한 슬픔 같은 것이 내 마음밭으로 스며들었다.
산봉우리 모양이 매화가 활짝 피어 있는 모습을 닮았다 해서 이름이 붙여
졌다는 황매봉黃梅峰 정상에 오른 시간이 12시 20분께. 비가 오는 데다 바람
이 어찌나 강하던지 몸을 제대로 가누기도 어려웠다. 할 수 없이 곧장 베틀
봉 쪽으로 내려가야 했다.

　30분 정도 걸어갔을까. 하얀 구름이 내려앉은 장엄한 경치가 내 발길을
붙잡았다. 여기저기에서 즐거운 탄성이 터져 나왔다. 희뿌연 안개가 마치
바닷물이 밀어닥치듯 거대한 몸집으로 밀려왔다가 서서히 걷히는 광경 또
한 장관이었다. 얼마나 멋지고 아름답던지 숨죽이고 영화를 보고 있는 듯
한 벅찬 감동을 주었다. 아이러니하게도 비가 왔기 때문에 맛볼 수 있었던
절경이었다.
　황매산의 철쭉 군락지는 연분홍색으로 곱게 꾸며 놓은 하늘 공원을 연상
하게 한다. 나는 연분홍 꽃밭 속으로 뛰어들고 싶은 마음에 급하게 서두르

하얀 구름이 내려앉은 장엄한 황매산

다 그만 미끄러져 버려 엉덩방아를 찧기도 했다. 산악회를 따라 산행을 할 때마다 이상스레 나는 잘 넘어지고 잘 부딪힌다. 충북 청주시에서 왔다는 한 등산객이 갑자기 우리 가곡인 '그리운 금강산'을 멋들어지게 불러 주위 사람들을 즐겁게 했다. 드넓은 자연 속에서 힘차게 노래 부르던 그 남자는 분명 삶의 즐거움을 아는 멋진 사람일 것이다.

황매산은 영화와 드라마 촬영지로도 유명하다. 영화 〈태극기 휘날리며〉 〈단적비연수〉와 MBC 드라마 〈주몽〉 KBS 드라마 〈서울 1945〉가 그곳에서 촬영되었다 한다. 나는 그날 산행 들머리부터 우리 일행과 아예 떨어져 혼자서 느긋하게 다녔다. 그러다 보니 어느새 정해진 하산 시간이 다 되어 가고 있었다. 당황한 나머지 나는 모산재767m, 합천군 가회면 둔내리로 하산하면서 기기묘묘한 모산재 바위들에 제대로 눈도 맞추지 못하고 허겁지겁 내려갈 수밖에 없었다.

나 하늘로 돌아가리라.
새벽빛 와 닿으면 스러지는
이슬 더불어 손에 손을 잡고,

나 하늘로 돌아가리라.
노을빛 함께 단둘이서
기슭에서 놀다가 구름 손짓하면은,

– 천상병의 '귀천歸天' 일부

　지순한 사랑으로 아내에게 헌신하고 우리말을 사랑했으며 이 세상의 평화를 노래했던 '철부지'의 남기용 선생님. 이제 소풍 끝내고 하늘로 돌아간 그도 이 세상이 아름다웠다고 말할 것만 같다. _2007. 5. 14

■찾아가는 길
●대전–통영간고속도로 산청 I.C→차황면(국도 59번)→장박마을→황매산

진달래 꽃길에서 꽃멀미하다
경남 마산시 청량산에서 연분홍 꽃침 맞다

　살바람에도 봄꽃은 저마다 환한 모습을 드러내고 있다. 삭막하고 칙칙한 세상을 화사한 색깔로 덧칠하는 봄꽃. 나는 3월을 보내는 마지막 날에 연분홍 진달래 꽃침을 맞으러 청량산323m, 경남 마산시으로 단숨에 달려갔다. 직장에서 돌아오자마자 등산복으로 갈아입고 서둘러 집을 나선 시간이 저녁 5시 20분이었다.

　청량산은 내게 상큼한 첫사랑 같은 산이다. 산을 찾는 기쁨을 처음으로 알게 해 준 산이 바로 청량산이기 때문이다. 진달래가 진하게 물들이는 봄이면 청량산은 참으로 예쁘다. 청량산 진달래를 바라보면 연분홍 물을 들여 곱게 바느질한 옷을 입은 가냘픈 여인이 떠오른다.

　키 큰 나무들을 배경으로 연분홍 물감으로 점점이 꽃무늬를 찍어 놓은 듯한 진달래들이 먼저 나를 반겨 주었다. 가녀린 진달래들이 이곳저곳에 서 있는 모습은 한 폭의 투명한 수채화였다. 진달래들이 피어 있는 산길을 걷는 내 얼굴도 연분홍 색깔로 꽃물이 들어 갔다. 늦은 시간이라 산에 오르는 사람들이 거의 눈에 띄지 않아 적이 불안하기도 했지만 이미 나는 진달래의 포로가 되어 버렸다. 언젠가 이해인 시인의 산문집에서 꽃멀미라는 신선한 말을 발견하고 즐거워했던 기억이 난다. 그날 나도 청량산 진달래에 흠뻑 취해 꽃멀미가 났다.

청량산 정상에 이르는 길에는 푸른 바다도 따라다닌다. 나는 종종 잔잔한 바다에 한가로이 떠 있는 돌섬을 바라보며 바지 주머니에서 달짝지근한 밀감을 꺼내 먹는다. 밀감 알갱이가 내 입안에서 탁 터지면서 과즙이 경쾌하게 튀는 느낌이 좋다. 돌섬은 하늘에 두둥실 떠 있는 하얀 구름처럼 마음을 설레게 한다. 그리고 늘 거기에 머물러 있어 더욱더 마음에 와 닿는다. 돌섬에는 내 젊은 날의 풋풋한 추억이 고스란히 남아 있다. 그래서 청량산을 찾을 때면 마음의 배를 타고 그 섬으로 간다.

청량산 정상에 이른 시간이 저녁 6시 30분께. 산에는 어둠이 빨리 내린다. 정상에는 아무도 없어 마음이 더 급해졌다. 진달래가 사람 잡겠다 싶어 빠른 걸음으로 산을 내려가기 시작했다. 점차 어둑어둑해지는 청량산에는 진달래가 연분홍 등불을 밝혀 주는 듯했다. 청량산은 평탄한 길이 많아 나는 혼자서 달음박질치기도 했다. 숨차서 더 이상 뛰어갈 수가 없으면 걷다가 또 뛰다가 하면서 내려갔다.

그래도 간간이 부는 꽃바람에 연분홍 꽃잎을 팔락이는 어여쁜 진달래 앞에서 잠시 발길을 멈추고 눈을 맞추기도 했다. 산악자전거를 즐기는 사람들과 마주쳤던 일이 언뜻 내 머릿속을 스쳐 지나갔다. 나도 그들처럼 진달래 꽃길 따라 밀려오는 어둠을 가르며 힘차게 페달을 밟고 싶은 마음이었다. 청량산을 뛰다시피 하며 내려오니 임도에는 벌써 가로등이 켜져 있었

다. 마산의 야경이 그날만큼 편안하게 느껴진 적이 없었다. 봄은 메마른 내
마음에도 연분홍 꽃침을 놓았다. _2006. 4. 2

■찾아가는 길
•남해고속도로 서마산 I.C→ 공설운동장→ 해안도로→ 월영마을→ 청량산
•남해고속도로 동마산 I.C→ 마산고속버스터미널→ 경남대학교→ 청량산

조금은 진지하게, 조금은 가볍게
경남 창원시 비음산에서 신경림 시를 읊다

세상을 온통 초록빛으로 물들이는 들여름달 5월이다. 무엇에 쫓기듯 바쁜 일상 속에서도 늘 그리움으로 다가오는 것은 나뭇잎 사이로 햇살이 비껴들고 시원한 바람도 노닥거리다 가는 푸르고 싱그러운 숲이다. 우리집에 어린이가 없으니 지난 5일은 내겐 덤으로 얻은 휴일이나 마찬가지였다. 그래서 가깝게 지내는 콩이 엄마와 둘이서 비음산510m, 경남 창원시 산행을 나서게 되었다.

나는 마산 월영마을에서 버스를 타고 김해에서 오는 콩이 엄마와 만나기로 약속한 창원지방법원창원시 사파동을 향했다. 버스에서 내린 시간이 오전 11시 20분께. 꼬박 1시간이 걸렸다. 콩이 엄마는 벌써 약속 장소에 도착해서 나를 기다리고 있었다. 우리는 그 부근 동성아파트를 거쳐 비음산 자락에 있는 국수집 앞에서 내려 산행을 시작했다.

지난해에 이어 두 번째 찾는 비음산. 창원시와 김해시 진례면의 경계를

소달구지 덜컹대는 시골길 같은 정겨운 길이 있어 비음산이 좋다.

이루고 있는 산이다. 얼마 가지 않아 흑염소 네 마리가 풀을 뜯고 있는 한가로운 풍경을 보고 우리는 잠시 걸음을 멈췄다. 우리집에는 6년 전부터 키우고 있는 '두두' 라는 개가 있다. 나는 '두두' 를 통해서 개도 사람과 비슷한 감정을 가지고 있다는 것을 알게 되었다. 그 뒤로 버려진 개들이나 식용으로 기르는 가축들을 보게 되면 어쩐지 불쌍한 생각부터 앞선다. 이따금 내가 유별난 느낌도 들지만 콩이 엄마와는 공감대를 이루면서 그런 이야기들을 자연스레 나눌 수 있어 좋다.

비음산을 오르면 소달구지 덜컹대는 시골길 같은 정겨운 길이 있어 괜스레 기분이 좋아진다. 우리는 그 한가한 길을 이런저런 이야기를 나누며 느긋한 마음으로 걸어갔다. 그러다 동요를 부르는 '철부지' 의 남기용 선생님 이야기에 이르자 마음이 또 아파 왔다. 평소 하모니카도 멋들어지게 불던 선생님의 갑작스러운 간암 소식을 듣고 나는 적이 당황했었다. 얼마 전 가까운 사람들과 같이 입원해 계시던 선생님에게 문병을 다녀오고부터는 살아가는 일들이 왠지 심드렁해져 버렸다.

우리는 진례산성 동문이 있던 곳을 구경하러 봉림산 쪽으로 조금 내려갔다. 성의 둘레가 4km에 이르는 진례산성은 계곡을 둘러싸고 있는 산 능선을 따라 성벽이 축조되었다고 한다. 그러나 지금은 성벽 대부분이 붕괴되어 그 흔적만이 남아 있었다. 비음산에는 산철쭉이 많다. 그런데 아무래도 일주일 정도 늦게 찾은 것 같다. 연분홍 산철쭉꽃이 벌써 많이 졌다. 올해는 더운 날씨 때문인지 꽃 피는 시기가 예년에 비해 빠른 편이다. 산행 내내 못내 아쉬워하면서 비음산 정상에 이른 시간이 오후 1시 10분께. 곧장 진례산성 남문 쪽으로 내려갔다.

긴 의자에 앉아 시원한 바람이 쉬어 가는 나무 사이로 군데군데 연분홍 꽃불 흩어지는 산철쭉밭을 무심히 바라다보았다. 우리들 삶은 마치 욕심으로 허덕거리며 정신없이 달리는 급행열차 같다. 모두들 너무 바쁘게 살아간다. 그래서 잠시라도 한가한 경치를 바라보며 아무 생각 없이 우두커니 있고 싶어진다.

이렇게 서둘러 달려갈 일이 무언가
환한 봄 햇살 꽃그늘 속의 설렘도 보지 못하고
날아가듯 달려가 내가 할 일이 무언가
예순에 더 몇 해를 보아온 같은 풍경과 말들
종착역서도 그것들이 기다리겠지

– 신경림의 '급행열차를 타고 가다가' 일부

비음산에서 내려와 마산의 한 예식장에 들렀다. 우리가 다니는 교회 목사님이 주례를 맡은 결혼식이다. 기나긴 인생길을 함께 걸어갈 한 쌍의 부부가 탄생하는 순간이었다. 지금도 그 결혼식이 기억에 남는 것은 순전히 신랑 동생이 마련한 경쾌한 무대 때문이다. 호루라기를 불고 하객들에게 박수까지 신나게 치게 하는, 참으로 이색적인 결혼식 풍경을 연출했다. 그리고 스포츠 경기를 응원하는 요란한 춤동작으로 한바탕 흥겨운 잔치판이 벌어졌다. 나는 한순간 일상의 무거움을 털어 버리는 가벼운 유머를 즐기는 기분이 들었다. 문득 조금은 진지하게, 조금은 가볍게 살고 싶다는 생각을 해 보았다. _2007. 5. 8

■찾아가는 길
•중부내륙고속도로 내서 J.C→남해고속도로 동마산 I.C→ 창원역→ 경남도청→ 창원지방법원→ 사파동 동성아파트→ 비음산

순결한 사람만 허락하는 바위, 한번 가 볼까?
경남 합천군 모산재, 영암사지, 바람흔적미술관을 다녀와서

지난 24일 유치원에서 놀이 수학을 가르치는 조수미씨와 단둘이서 모산재767m, 경상남도 합천군 가회면 둔내리 산행을 나섰다. 천둥과 번개를 동반한 비가 내린다는 산행 전날의 일기 예보로 같이 가겠다고 약속했던 사람들이 그만 빠져 버렸다. 우리는 오전 8시 40분께 서마산 I.C 입구에서 만나 모산재가 있는 가회면으로 달리기 시작했다.

정겨운 보리밭이 길가에 늘어선 나무들과 어우러져 평화롭고 한가한 느낌이 들었다. 그 넉넉하고 정감이 어린 풍경에서 오월이 유달리 눈부시게 느껴지는 이유를 알 것 같았다. 가회중학교로 들어가는 샛길을 못 찾아서 갔던 길을 두세 번 오간 것 말고는 별 탈 없이 모산재 주차장에 도착했다. 아침을 먹지 않고 서둘러 집에서 나와 배가 고팠다. 근처 식당으로 들어가 보리비빔밥을 사먹고 11시 20분께 산행을 시작했다.

모산재는 웅장하면서도 아름다운 바위산이다. 기기묘묘하게 생긴 바위들로 이루어져 있어 신령스러운 느낌마저 든다. 산 이름에 높은 산의 고개라는 뜻을 지닌 '재'를 붙인 것도 색다르다. 주로 거대한 바윗덩어리를 거쳐 가다 이따금 수목이 우거진 초록빛 숲길로 들어서면 마치 마법의 세계 속에 있는 듯한 착각에 빠지게 된다. 그것 또한 모산재 산행에서 맛볼 수 있는 또 다른 재미이다. 간간이 먹구름이 하늘에 흩어져 있을 뿐 되려 부드러운 햇살이 찰랑이며 부서져 내렸다. 시원한 바람에 온몸을 내맡긴 채 아스라이 보이는 합천호에 일상에서 지친 마음을 씻었다. 갈증이 나면 신선한 방울토마토와 금귤을 먹으면서 이런저런 이야기도 나누었다.

과연 바위에도 사람들이 흔히 말하는 기氣가 흐르고 있을까. 기를 받는다고 큼직한 바위 위에 엎드려 온몸을 길게 뻗어 있던 명랑한 조수미씨. 자연은 풀기 어려운 신비로 가득 차 있어 한마디로 명쾌한 답을 내놓을 수 없으리라. 왠지 원초적인 신비함이 느껴져 나는 바위산을 좋아한다. 꽤나 신경쓰이던 일기예보에도 그날 모산재에 꼭 가고 싶었던 이유도 내 가슴을 늘 콩닥콩닥하게 하는 바위의 매력 때문이었다.

모산재 정상에 이른 시간이 12시 50분께. 엄청 불어 대는 바람으로 머리카락이 이리저리 휘날릴 정도로 상쾌했다. 잠시 앉아서 쉬다가 영암사지로 내려가는 숲길로 들어섰다. 하산길에 가장 인상적인 곳은 '순결바위'였다. 순결바위 표지판에는 '평소 사생활이 순결하지 못한 사람은 들어갈 수 없으며, 만약 들어간다 해도 바위가 오므라들어 나올 수 없다는 전설이 있다'고 쓰여져 있다.

황당 개그, 허무 개그를 연상하게 하는 내용이지만, 꽤 재미있는 발상이라는 생각이 들었다. 게다가 한 바위가 어느 날 갑자기 둘로 쩍 쪼개진 형상이다. 눈대중으로 갈라진 아귀를 맞춰 보니 영락없는 하나의 바위가 그려지는 것이 신기할 정도였다.

경남 합천군 모산재 '순결바위'에 서서

그날이 마침 부처님 오신 날이라 영암사지사적 제131호, 靈岩寺址 부근에 있는 절집에서 맛있는 절밥을 얻어 먹었다. 예전부터 절밥이 정갈하다는 이야기를 들어서 그런지 한번쯤 먹어 봤으면 했는데 드디어 소원 성취를 한 셈이다. 과일도 먹고 가라는 후한 인심에 우리는 기다렸다는 듯이 냉큼 먹고 가까이에 있는 영암사지로 천천히 걸어갔다.

영암사라는 절이 언제 세워졌는지 정확히 알려져 있지 않지만, 절터에 남아 있는 삼층석탑보물 제 480호과 쌍사자석등보물 제353호은 통일신라 후기인 9세기에 만들어진 것으로 추정하고 있다 한다. 나는 법주사 쌍사자석등국보 제5호과 견줄 수 있는 걸작으로 평가 받는 영암사지 쌍사자석등의 아름다움에 홀딱 반해 버렸다.

밑받침돌을 뒷발로 딛고 앞발을 들어 윗받침돌을 받들고 서 있는 두 마리 사자의 모습이 사실적으로 표현되어 있는 데다 연꽃 모양을 새긴 밑받침돌과 가슴을 맞대고 서 있는 사자 두 마리가 하나의 돌로 조각되었다는 것이 참으로 놀라웠다. 그리고 등불을 밝히는 팔각 화사석火舍石의 4면에는 화창火窓이 있고 한 면 건너 다른 4면에는 사천왕상四天王像이 조각되어 있었다.

쌍사자석등을 보려면 돌계단을 올라가야 하는데, 하나의 돌에서 발을 디디는 부분을 파 내어 만든 것 같았다. 옆에서 보면 작은 아치 모양의 예쁜 돌계단이라 매우 인상적이었다. 1933년경 일본 사람들이 쌍사자석등을 훔쳐 가려는 것을 마을 사람들이 막아 면사무소에 보관해 두었다가 1959년 본디 자리로 옮겨 놓았다는 이야기도 전해지고 있다.

가까운 거리에 있는 바람흔적 미술관합천군 가회면 중촌리으로 가는 길에 비가 흩뿌리기 시작했다. 바람 흔적 따라 빙빙 돌아가는 바람개비들이 우리의 마음을 몹시 설레게 했던 색다른 미술관이었다. 철로 만든 명태 등 여러 조각품들도 전시되어 있는 뜰을 우리는 느긋한 마음으로 거닐었다. 문득 가난한 시인과 결혼해 연극 소극장을 어렵게 꾸려 가던 젊은 시절의 내 모습이 뜬금없이 떠올랐다.

미술관 건물 이층에는 차를 마실 수 있는 공간이 마련되어 있다. 예전에는 그곳을 찾는 사람들이 손수 차를 끓여 마시고 나서 차 값을 알아서 함지박에 넣었다고 들었는데, 지난해 7월부터 미술관 운영 문제로 주인 아저씨가 직접 차를 끓여 주고 있었다. 살아가면서 가끔 무엇에 미친 듯 순수한 열정을 쏟고 싶다는 생각을 한번쯤 하게 되는 것 같다. 그런 의미에서 나는 주인 아저씨에게 '미친차' 를 만들어 달라고 했는데, '차를 함께 마시면서 아름다운 마음으로 친해지자' 는 뜻으로 붙인 이름이라고 설명을 덧붙여 주었다.

이층 창가에 놓여 있던 하얀 감자꽃을 뒤로하고 우리는 마산을 향해 달리기 시작했다. 감자에도 그렇게 어여쁜 꽃이 핀다는 것은 상상도 하지 못한 일이었다. 자연이 얼마나 신비하고 아름다운지 그저 놀라울 따름이다. 차창 밖에 알알이 맺혀 있는 작은 빗방울들이 경쾌한 리듬을 타며 내 마음 속으로 스며드는 것 같았다. _2007. 5. 27

■찾아가는 길

•서울 방면:대전–통영간고속도로→단성 나들목→(5km)→원지면→(5km)→문대삼거리→(3km)→신등면→(3km)→가회면→(6km)→모산재

•부산,창원 방면: 남해고속도로→의령 군북 나들목→대의면→삼가면→가회면→모산재

•대구 방면:88올림픽고속도로→고령 나들목→합천읍→합천댐→모산재

끝없는 월악산 계단, 하늘까지 뚫렸으면...
충북 제천 월악산 산행

    지난 10일 나와 첫 인연을 맺은 산악회인 '경남 산사랑회' 사람들과 함께 월악산1097m, 충북 제천시 산행을 떠났다. '처음'이란 말은 특별한 의미를 지니고 있는 것 같다. 말 그대로 처음이라서 신선하게 와 닿는 데다 시간이 흐를수록 애틋한 그리움이 되어 늘 마음 한 자락에 머물게 된다. 오전 7시 30분에 마산을 떠난 우리 일행은 10시 40분께 제천시 한수면 덕주골로 해서 산행을 시작했다. 덕주산성 동문을 지나 한참 걸어가면 덕주사 마애불보물 제406호이 나온다. 마의태자의 누이인 덕주공주가 세웠다고 전해져 내려오는 덕주사의 동쪽 암벽에 높이 13m의 마애불磨崖佛이 신비스러운 모습으로 새겨져 있다.

    첫눈에 기다란 눈, 큼직한 코, 축 늘어진 턱 등 살찐 얼굴이 인상적이다. 그런 식으로 얼굴을 과장되게 표현하는 것은 고려 시대의 거대한 불상에서 흔히 볼 수 있는 수법이라고 한다. 그리고 도드라지게 조각한 얼굴 부분과 달리 몸은 선線으로 새겨져 입체감은 없다. 신라의 마지막 공주인 덕주공주의 이야기가 오버랩되면서 한순간 처연해졌지만 묘한 감동을 주던 그 마애불 앞에서 나는 이 세상의 복福을 간절히 빌고 싶었다.

월악산의 첫인상은 끝없이 이어지는 계단이다. 그만큼 산세가 험하다는 말이다. 돌계단, 나무계단, 철계단 등 여러 형태의 계단들이 나를 지치게 했다. 여느 때에는 산행을 하다 생각지 못한 계단이 불쑥 나타나면 이상할 정도로 신이 났다. 아마 계단 너머 펼쳐질 경치에 대한 은근한 기대 심리 때문이었을 것이다. 그러나 그날 월악산은 계단 위로 또 다른 계단이 턱 버티고 있는 듯해서 마냥 힘들기만 했다.

이제 와서 하늘 소식이라도 좀 듣게 하늘로 뚫린 계단은 없을까 하는 생뚱맞은 생각을 해 본다. 동요를 부르는 '철부지' 의 멤버였던 남기용 선생님에 이어 월악산 산행 그 다음날인 11일에 정규화 시인도 우리 곁을 떠나갔다. 한 생애가 너무 힘들고 짧다고 하던 그가 자신의 방에서 홀로 쓰러져 이 세상과 작별을 했다. 무엇보다 그 시인의 죽음이 외롭고 쓸쓸해서 가슴이 아프다.

아직도 내 마음에 정겨운 모습으로 남아 있는 월악산의 계단들도 있다. 하얀 산목련을 볼 수 있었던 계단, 그리고 나란히 뻗어 있다 어느 지점에서 하나로 연결되던 철계단이다. 나는 쌍둥이 철계단을 오르면서 문득 돌아가신 어머니 얼굴이 떠올랐다. 어느 날 갑자기 아버지가 뇌출혈로 쓰러졌을 때 어머니 나이가 마흔넷이었다. 아버지에게 마음으로 많이 의지하고 살아 왔는지 어머니는 몹시 외로워하셨다. 장미 한 송이가 예뻐 꽃병에 꽂아 두면 어머니는 너무 외롭게 보인다며 그 옆에 한 송이를 더 꽂아 놓으시던 모습이 지금도 잊히지 않는다.

이 세상에서 혼자가 아니라 부부로 같이 늙어 간다는 것은 어쩌면 행운

일 것이다. 부부의 묵묵한 동행을 읊은 오창렬 시인의 '부부'라는 시를 내가 좋아하는 이유도 그들이 함께하는 시간 때문이다. 그 시는 마치 내외하듯 서로 떨어져 걷기만 하던 시골 부부가 멀리 언덕을 넘어가자 소실점 가까이 한 점이 되는, 마치 영화의 한 장면을 보는 것 같은 풍경을 멋들어지게 그리고 있다.

헬기장에 도착한 시간이 오후 1시께. 눈앞에 월악산의 주봉인 영봉이 우뚝 솟아 있는 모습에 벌써 내 가슴이 콩닥콩닥했다. 마음은 한달음에 달려가고 싶었지만 영봉 정상에 이르는데 1시간 남짓 걸렸다. 달이 뜨면 영봉에 걸린다 하여 월악月岳이라고 이름을 붙였다. 그래서 그런지 두 개의 바위 봉우리로 되어 있는 영봉에 서면 멀리 충주호가 보이면서 경치가 매우 아름답다.

나는 정상 근처에서 도시락을 꺼내 허겁지겁 먹고 중봉과 하봉을 거쳐 하산을 서둘렀다. 이따금 충주호의 아름다움에 탄성을 지르며 걷고 또 걸었다. 하산길에 보덕암에도 들렀다. 뙤약볕이 강하게 내리쬐는 절집 기와지붕에 노란 꽃들이 피어 있었다. 그곳 지방에 오랫동안 날이 가물었다고 하던데 저토록 예쁘게 피어 있다니 그저 놀랍기만 했다. 보덕암 스님 말씀대로 참으로 독한 꽃이다. 그래서 더욱더 아름답다. 물줄기의 리듬을 타며 맑은 소리를 내던 보덕암의 목탁 또한 인상적이다. 보덕암 앞길을 오가는 사람들의 복을 비는 스님의 마음 소리이리라.

나는 복사꽃이고 싶었다
연분홍 꽃잎으로
그대 손톱 꽃물 들이고 싶었다
아, 지울 수 없는 언약이고 싶었다

나는 불이고 싶었다
아직도 불이 되길 망설이는 그대여
불이 되지 못하고 타 버린 날들이
재가 되었다
마침내 나는 꺼지지 않는 불이 되어
재에 남아 있는 온기까지 태우고 싶었다

– 정규화의 '바람 구름 복사꽃 불' 일부

　6시간 반 남짓 걸었던 월악산 산행. 이따금 힘든 산행을 왜 굳이 하는지 나 자신에게 질문을 던져 보기도 한다. 재에 남아 있는 온기까지 태우고 하늘로 돌아간 정규화 시인. 그곳에서는 신명이 나는 일만 그에게 생겼으면 좋겠다. _2007. 6. 21

■찾아가는 길
•중앙고속도로 남제천 I.C→82국지도(청풍 경유)→36번 국도(충주 방면)→한수면 송계리(월악산국립공원) 또는 덕산면 월악리
•영동고속도로→중부내륙고속도로→감곡 I.C→제천→82국지도(청풍 경유)→36번 국도(충주 방면) →한수면 송계리(월악산국립공원) 또는 덕산면 월악리

세상을 벗고 무릉도원에 갔다 왔다네

속세 떠나 찾아간 속리산 산행.. 왜 처음의 마음을 간직하지 못할까

속세를 떠난다는 뜻을 지닌 속리산. 속리산에 들어가서 시끌시끌한 세상을 잊고 아름다움에 그저 취해 보고 싶은 마음으로 지난 14일 속리산 산행을 떠나는 산악회를 따라나섰다.

속리俗離라는 이름에는 재미있는 이야기가 전해지고 있다. 신라의 진표율사를 만난 소가 무릎을 꿇고 절을 올렸다 한다. 소달구지를 탄 사람이 이를 보고 깨달은 바가 있어 속세를 버리고 입산 수도를 하게 되었다는 흥미로운 이야기이다

우리 일행은 아침 7시 40분에 마산을 출발하여 속리산 국립공원 화북 탐방지원센터를 거쳐 10시 40분쯤 속리산 산행을 시작하였다. 속리산1058m은 충북 보은군, 괴산군과 경북 상주시 화북면에 걸쳐 있는 산으로 장엄하면서도 몹시 아름다운 산이다. 그래서 그런지 소금강산小金剛山, 미지산彌智山, 구봉산九峰山, 광명산光明山, 형제산兄弟山 등 여러 이름으로 불리어져 왔다.

숲길은 온통 초록이었다. 나는 끝없이 펼쳐지는 초록빛 세계 속으로 그대로 빨려 들어가는 느낌에 몸과 마음이 떨렸다. 나뭇잎들마다 내뿜는 초록빛 향기가 내 코를 연방 간질여댔다. 황홀이란 말이 이런 순간에 어울릴 것만 같았다.

초록은 어쩌면 원초적 색깔이 아닐까. 문득 선머슴처럼 덜렁거리다 대학생이 되어 옷을 하나씩 사 입다 보니 이상하게도 초록색 일색이었던 지난 일도 머릿속을 스쳐 지나간다. 싱그러운 초록빛 나무들, 계곡을 타고 맑게 흐르는 물소리와 간간이 들려오는 아름다운 새소리가 머물러 있는 오월. 그 숲길을 따라 걸어가는 내가 너무 행복했다. 걷다 좀 지치면 바닥에 깔려 있는 돌멩이까지도 환하게 보이는 시원한 물에 두 손을 담가 얼굴 한번 씻으면 된다.

12시 20분께 문장대_{1054m, 상주시 화북면 장암리}에 이르렀다. 그곳은 하늘 높이 치솟은 거대한 바위가 흰 구름 속에 묻혀 있다 하여 운장대雲藏臺라 불렀다. 세조가 그곳에 오르니 책이 한 권 놓여 있어 그 자리에서 하루 종일 책을 읽었다 하여 그 후 문장대文藏臺라 부르게 되었다 한다. 50여 명이 앉을 수 있는 넓은 바위로 되어 있는 문장대 위에 서 있으면 얼마나 경관이 아름다운지 가슴이 벅차오른다. 세 번 오르면 극락에 갈 수 있다는 말이 괜한 소리가 아니다. 눈길 가는 데마다 무릉도원을 보는 듯했다. 나를 지치게 하는 삶의 걱정거리도 멀리 사라져 갔다. 숨죽이게 하는 아름다움만이 거기에 있었다.

우리는 속리산 주봉인 천황봉_{1058m, 화북면 상오리}을 향하여 걸어가다 적당한 곳에 자리 잡고 맛있는 점심을 했다. 향긋한 국화차도 마시고 신영복 교수의 서체가 상표에 그대로 사용되었다는 소주도 몇 잔 마셨다. 낮 1시 30분에 자리에서 일어나 또 걷기 시작했다. 속리산은 화강암의 기봉奇峰이 많아 군데군데 기암괴석을 보게 된다. 특히 겹겹이 쌓아 놓은 듯한 거대한 바위들은 경이롭고 신비하기만 하다. 조선 시대의 명장 임경업 장군이 7년 동안 수도하며 세웠다는 입석대도 보인다. 또 석문이 있어 거대한 바위 사이로 지나가는 즐거움도 있다.

속리산에서 아직도 부끄러운 듯 얼굴 붉힌 채 피어 있는 연분홍 진달래를 볼 수 있어 얼마나 반가웠는지 모른다. 그리고 계속 이어지는 좁다란 산죽 길도 꽤 운치가 있었다. 드디어 2시 20분쯤 천황봉에 올랐다. 거기에 서서 신영복 교수의 시 '처음처럼'을 음미했다. 사람은 왜 처음의 마음 상태를 지켜 나갈 수 없는 걸까. 누구의 탓이라고 말할 것도 없다. 너나 나나 매한가지이다. 처음의 마음을 그대로 간직한다면 아마 행복한 세상이 될 것이다.

법주사_{충북 보은군 내속리면} 쪽으로 하산을 서둘렀다. 마산으로 돌아가는 시간이 있어 4시 반까지 주차장으로 꼭 와야 한다는 말을 들었기 때문이다. 나는 지루할 정도로 걷고 또 걸어 내려갔다. 부처님의 법이 머문다는 뜻을 지닌 법주사는 553년_{신라 진흥왕14} 의신조사가 처음 세웠다. 시간이 없어 높이가 33m에 이른다는 금동미륵대불만 보고 아쉬움 속에 법주사에서 나올 수밖에 없었다. 마산으로 돌아가는 차창 밖에는 어둠이 깔리기 시작했다. 하루 동안 세상살이에서 벗어나 무릉도원에 갔다 온 기분이 들었다. 게다가 집으로 돌아가는 내 마음이 한결 가벼워진 건 아마 사랑하는 가족이 있기 때문이리라. _2006. 5. 16

■찾아가는 길

•(서울)경부 또는 중부고속도로→청원 J.C→속리산 I.C→ 화서 I.C→25번 국도→49번 국도→ 문장대 입구 안내표지판 좌회전→오송주차장

•(대구, 부산)경부고속도로→상주 I.C(중부내륙고속도로)→보은 방면(25번 도로)→휴게소 기점(문장대 방면) 우회전(49번 도로)→화북(문장대 입구 안내표지판) 좌회전→오송주차장

•(광주)호남고속도로→회덕 분기점(경부고속도로)→옥천 I.C→보은 방면→산외면 방면→장각 방면→용화 방면→(문장대 입구 안내표지판)→오송주차장

아름다운 불일폭포에서 물방울로 부서지다
우렁찬 물소리가 따라다녔던 지리산 삼신봉 산행

아픈 역사를 그대로 감싸 안은 채 묵묵히 서 있는 지리산. 아직도 내겐 선뜻 다가서기 어려운 큰 산이면서 이렇다 저렇다 말도 없이 넓고 포근한 가슴으로 그저 안아 주는 어머니 같은 산이다. 여전히 산행이 서투른 내겐 지리산을 찾을 수 있는 것만으로도 행운처럼 느껴진다. 지난 2일 나는 삼신봉 산행을 떠나는 산악회를 따라 세 번째 지리산 산행에 나섰다. 전날에 호우주의보로 입산이 통제되어 그날 산행이 취소될까봐 은근히 걱정해서 그런지 배낭을 메고 집을 나설 때부터 가슴이 설레었다. 2일 아침 7시 10분에 마산에서 출발한 우리 일행은 9시 30분께 도인촌道人村 가까이에 있는 지리산국립공원 청학동통제소경남 하동군 청암면 묵계리를 거쳐 산행을 시작했다.

산행 전날 내린 비로 숲길은 축축했다. 물기 머금은 나뭇잎들은 초록빛 하나만으로도 내 마음을 마구 흔들어 놓을 정도로 싱그러웠다. 나무들은 굵은 비로 몸살을 앓은 듯 축 처진 채 서 있고, 나직이 엎드려 있는 초록빛 풀잎에는 빗방울이 또르르 굴렀다. 온 숲속에는 계곡에서 들려오는 물소리로 생기가 넘쳤다. 바위 사이로 신나게 달리는 듯한 우렁찬 물소리에 내 마음도 시원해졌다. 10시 30분께 삼신봉_{1284m, 하동군 청암면}에 이르렀다. 자욱한 안개 때문에 멋진 전망을 즐길 수 없어 아쉽기만 했다.

청학동 마을에서 바라보면 왼쪽부터 쇠통바위, 내삼신봉, 외삼신봉이 보인다. 이 가운데 내삼신봉이 가장 높은데, 그보다 낮은 외삼신봉을 삼신봉이라 부르고 있다. 아마 남부능선 한가운데에 우뚝 솟아 있는 그곳에서 멀리 북쪽으로 뻗어 있는 능선을 따라가면 세석평전에 이르고 서남쪽으로 가면 아름다운 불일폭포와 쌍계사에 이르기 때문인 것 같다.

내삼신봉_{1354m} 정상에 이른 시간이 11시께. 역시 짙은 안개에 시야가 가려 버렸다. 촉촉한 안개가 바위와 나무들을 휘감으며 떠돌았다. 더욱더 진한 풀잎 향기에 내 코가 자꾸 벌름거린다. 문득문득 눈부신 햇살이 부서져 내리는 투명한 숲길이 그리워졌다. 자리를 잡고 점심을 맛있게 먹은 뒤 지리산 10경의 하나인 불일폭포를 보기 위해 하산을 서둘렀다. 돌이 많이 깔린 너덜겅을 한참 걸어 내려갈 때는 참 지루하다는 생각도 들었다. 그래도 산산이 부서지며 골짜기 아래로 쏜살같이 흘러가는 세찬 물소리에 힘을 얻었다. 힘찬 소리를 내지르며 끊임없이 쏟아지는 계곡물에 마음을 뺏긴 나는 몇 번이나 가던 걸음을 멈추고 우두커니 쳐다보았다. 그 깨끗한 물에 무거운 발을 담그고 잠시 쉬고 싶은 생각이 꿀떡 같았다.

어느새 불일폭포로 가는 길로 접어들었다. 쌍계사_{하동군 화개면 운수리}에서 3km 정도 떨어진 곳에 있는 불일폭포는 높이가 60m, 너비가 3m로 위아래 2단식으로 되어 있다. 마치 하늘에 고여 있던 물이 한데 모여 떨어지는 것처럼 아름답기 그지없는 불일폭포. 예전에는 가까이 다가가 그 웅장함을 몸으로 느낄 수 있었다 한다. 지금은 안타깝게도 멀찌감치 떨어져 그저 바라보는 것으로 만족해야 한다. 나를 던지고 싶었던 불일폭포. 그곳에 오래 머물고 싶었다. 그러나 어쩔 수 없이 쌍계사로 내려가야 했다. 아쉬움에 몇 번이나 뒤돌아보면서. 갑자기 굵은 빗방울이 후드득 뿌렸다.

　이따금 비 내리는 날, 또 하얀 눈이 펑펑 쏟아지는 날 절에 한 번 가고 싶다는 생각을 하곤 했다. 그날 비 내리는 쌍계사에 내가 있었다. 대웅전보물 제500호 보수공사로 임시 대웅전이 만들어져 운치가 없어 아쉬웠다. 신라 말 고승인 진감선사 혜소의 덕을 기려 세운 진감선사대공탑비국보 제47호를 찬찬히 보았다. 고운 최치원이 비문을 지어 썼다고 한다. 비는 금세 그쳤지만 하늘은 잔뜩 찌푸려 있었다. 그러나 내 마음엔 눈부신 햇살이 부서져 내렸다. 그날 집으로 돌아가는 길 내내 아름다운 불일폭포가 내 마음에 머물러 있었다. _2006. 7. 6

■찾아가는 길
•(서울)중부고속도로→단성 I.C→지리산국립공원 중산리 방면(20번 도로)→중산리 10km 지점서 청학동 쪽 좌회전→첫 번째 예치터널 지나 약 5분 직진하다 거림이정표서 청학동 쪽 좌회전, 삼신봉터널 지나 청학동으로 이동 →청학동통제소 100m 지점 주차(5분 소요) /삼성궁통제소 주차
•(광주)88올림픽도로(함양 방면)→중부고속도로→산청,단성 I.C 진입→중산리 방면(20번 도로) →중산리 10km 지점서 청학동 쪽 좌회전 →첫 번째 예치터널 지나 약 5분 직진하다 거림이정표서 청학동 쪽 좌회전, 삼신봉터널 지나 청학동으로 이동 →청학동통제소 100m 지점 주차 /삼성궁통제소 주차

석골폭포의 위용에 일상의 무거움을 씻다
이무기의 한이 서린 밀양시 억산 산행

일상이 바쁘고 팍팍할수록 여유를 짐짓 부리고 싶은 것일까. 지난 8일 나와 첫 인연을 맺은 산악회인 경남 산사랑회 사람들을 따라 무작정 밀양시 억산944m 산행을 떠났다. 오전 7시 30분에 마산을 출발한 우리 일행은 8시 50분께 밀양시 산내면 원서리 석골마을에 내려 산행을 시작하였다. 이 집, 저 집 풋사과들이 주렁주렁 매달려 있는 정겨운 마을 풍경이 내 눈길을 끌었다. 여름의 따가운 햇살을 받으며 점점 빨갛게 익어 가는 사과들을 머릿속에 그려 보는 것도 즐거웠다. 그런 평화로운 상상을 하게 해 준 농부들의 수고가 새삼 고맙다.

신라 진흥왕 때 비허 스님이 세웠다는 석골사石骨寺. 아마 그 절로 가는 길에 들려오는 석골폭포의 우렁찬 소리에 발길을 멈추지 않는 사람은 없을 것이다. 거침없이 쏟아져 내리는 시원한 물줄기를 그저 바라만 보아도 더위로 축 처진 마음이 유쾌해진다. 추락하는데도 황홀한 아름다움을 느낄

용이 못된 이무기의 한이 서려 있는 억산의 깨진 바위

수 있는 곳이 폭포이리라.

여기부터 시작이라는 것인가

내리꽂히는 황홀함에 길들여져 왔으나
물이 뛰어내린 자리에 발 담그며 환호했으나

– 함순례의 '폭포' 일부

억산億山은 경남 밀양시 산내면과 경북 청도군 금천면에 걸쳐 있는 산이
다. 동쪽으로 영남알프스의 하나인 운문산1188m이 있고 서쪽으로는 위용이
넘치는 구만폭포가 있는 구만산785m으로 이어진다. 그런데 산 이름에 왜 하

46

필 억億 자를 붙였을까. 궁금증이 났지만 내게 속 시원하게 이야기해 주는 사람이 없었다. 억億이란 수는 내가 어렸을 때나 어른이 된 지금이나 여전히 머릿속으로 쉽게 계산이 되지 않는 큰 수이다.

그래서 이따금 재산 증식을 생각할 때면 막연히 마음에 자리 잡게 되는 숫자이다. 그런 점에서 억산은 기대와 만족을 모두 안겨 주는 산으로 받아들여도 괜찮을 것 같다. 그러나 억산은 결코 튀는 산은 아니다. 오히려 주변 여러 산들과 어우러져 아름다운 조화를 이루고 있는 산이다. 나이를 먹으니 부쩍 '함께하는 의미'에 대해 생각을 하게 된다. 가치관이나 삶의 방식이 서로 달라도 존중하며 여럿이 함께 걸어갈 수 있는 성숙한 태도가 아직도 내게는 많이 부족한 것 같다.

그날 산행은 딱밭재로 가서 범봉을 거쳐 억산 정상에 이를 예정이었다. 그런데 나는 일행 몇몇과 길을 잘못 들어서 범봉962m으로 바로 올라가게 되었다. 그 길이 가파른 편이라 꽤 힘들게 범봉에 오른 뒤 팔풍재, 깨진 바위를 지나 억산 정상에 이른 시간이 12시 20분께였다. 한눈에도 압도되는 듯한 웅장함이 느껴지던 깨진 바위에는 전해져 내려오는 전설이 있다.

옛날에 일 년만 더 있으면 천 년을 채워 용이 될 수 있었던 이무기가 있었다. 어느 날 자신의 정체가 탄로 나자 탄식을 하며 달아나던 이무기가 꼬리로 억산 산봉우리를 내리쳤는데 그만 산봉우리가 두 갈래로 갈라졌다는 거다. 용이 되지 못한 이무기의 한이 서려 있어 그런지 깨진 바위는 가파르고 험했다.

그날 억산 산행에서 연자줏빛 싸리나무 꽃을 실컷 볼 수 있어 즐거웠다. 요즘에는 싸리비를 보기가 힘들지만, 내가 고등학교에 다녔던 시절에는 학교 마당을 청소할 때 싸리비로 쓸던 기억이 나서 친근한 느낌이 든다. 우리

석골폭포

일행은 억산 정상에서 맛있는 도시락을 먹었다. 나는 그날 늦잠을 잔 탓에 도시락을 미처 준비하지 못했다. 그래도 여기저기에서 챙겨 주어 생각지 않게 음식을 얻어먹는 즐거움도 있었다.

오후 1시께 하산을 하기 시작했는데 어쩌다 일행과 떨어져 버렸다. 처음엔 느긋한 기분으로 걸어가다 등산객들이 점점 보이지 않자 갑자기 무섭고 불안해졌다. 한참 동안 그렇게 정신없이 혼자서 갔는데 수리봉765m 정상 가까이에서 사람들 소리가 들려왔다. 그때가 2시 40분께. 그들은 나와 반대로 억산을 향해 가고 있었지만 너무도 반가웠다. 거기서 석골사까지 내려가는데 35분 남짓 걸렸다. 나는 시원한 석골폭포 앞에 도착해서 한참 앉아 있었다. 일상의 번잡함과 산행의 피곤함으로 축 늘어진 무거운 내 마음이 점차 환해지는 듯했다. _2007. 7. 14

■찾아가는 길
•(대구 방면) 밀양 I.C→금곡 삼거리→산내면사무소→산내면 원서리 석골마을
•(창원,마산 방면) 동창원 I.C→진영(국도 25호선)→영남농업연구소→교동 신촌 오거라→밀양시청→긴늪 사거라→금곡 삼거리→산내면사무소→산내면 원서리 석골마을

무척산 천지못, 어떤 곳인지 '무척' 궁금하죠?
김해 무척산과 창원 주남저수지

22일 산 정상 바로 아래 고요한 못이 있는 김해 무척산702.5m, 경남 김해시 생림면을 찾았다. 지지난해 늦가을에 직장 동료와 둘이서 단풍이 물든 그 고운 산길을 걸어가면서 마치 수채화 같은 풍경 속으로 그저 빨려 들어가는 듯한 느낌에 "여기가 바로 천국이다!"며 소리를 질러 댔던 곳이다.

오전 9시에 마산시외버스터미널에서 나이가 지긋해도 나를 친구처럼 대하는 김호부 선생님과 만나 김해로 가는 버스를 탔다. 그 선생님은 산을 좋아해서 그런지 마음은 늘 청춘이다. 우리가 김해여객터미널에 도착한 시간이 9시 35분께. 거기서 김해에 사는 조수미씨와 만나서 함께 무척산을 향했다. 차로 25분 남짓 가니 무척산 주차장이 나왔다. 주차장 위쪽으로 있는 석굴암이란 절 앞에는 코스모스가 예쁘게 피어 있었다. 상쾌한 가을 바람과 노닥노닥 이야기하는 것 같은 코스모스 꽃들을 바라보면 왠지 경쾌한 기분이 들어 콧노래라도 부르고 싶어진다.

우리는 모은암에 먼저 들렀다가 무척산 산행을 하기로 했다. 무척산無隻山은 가락국의 시조인 수로왕에 얽힌 전설이 있다. 수로왕의 국장 때 왕릉 자리에 땅을 파니 물이 자꾸 고였다고 한다. 그래서 수로왕의 비 허황옥을 인도에서부터 수행해 온 신보가 무척산 정상 가까이에 못을 파서 수로왕릉의 물줄기를 잡았다는 이야기이다. 그때 판 못이 바로 지금의 천지못이다.

그리고 모은암母恩庵은 가락국 제2대 왕인 거등왕이 어머니 허황후를 기리기 위해 지었다고 전해진다. 그곳으로 올라가는 길에 은은하게 들려오던 목탁 소리가 내 마음을 참 편안하게 해 주었다. 지금도 모은암을 생각하면 바위 틈새로 난 계단 끝에 있던 산신각과 어머니의 따뜻한 목소리가 울려 퍼질 것만 같던 범종을 매달아 둔 모음각母音閣이 기억에 남는다.

모은암에서 나와 우리는 느긋한 마음으로 산길을 걸어갔다. 무척산은 산세가 험한 편이지만 지그재그로 난 길이 계속 이어지면서 그다지 산행은 힘들지 않다. 그래서 번잡을 떠는 일상에서 벗어나 숲길에서 사색에 폭 잠기고 싶다면 무척산 산행을 권할 만하다.

갑자기 세찬 물소리가 들려와 올려다보니 작은 폭포가 보였다. 아직도 떠나지 못하고 머물러 있는 여름을 왈칵 쏟아 내겠다는 기세이다. 아이러니하게도 추락의 아름다움을 물씬 느낄 수 있는 곳이 폭포가 아닌가. 떨어지는 물소리가 주는 유쾌함이 점차 내 마음속으로 녹아들었다.

그런데 내가 늘 애틋한 그리움으로 무척산을 떠올리게 되는 이유는 정상 바로 밑에 고여 있는 잔잔한 천지못 때문이다. 낭만적, 환상적, 이색적인 풍경이다. 사실 그렇게 단어들을 늘어놓아 보지만 그 아름다움을 한마디로 표현할 만한 단어가 도무지 생각나지 않는다.

아마 그곳을 찾은 사람들의 온갖 시름뿐만 아니라 연인들의 사랑 이야기가 오래 머물다 간 자리일 것이다. 어깨를 나란히 하고 천지못 둑에 앉아 그

창원 주남저수지 연꽃단지

저 아름다운 경치에 취해 있는 척 하지만 마음속으로는 수없는 이야기들을 주고받았을 연인들의 수줍은 얼굴을 나는 괜스레 그려 보기도 했다. 게다가 산 정상 가까이에 고요한 못이 있다는 것 자체가 신비스럽다.

천지못에서 무척산 정상까지 거리는 1.2km이다. 우리는 천지못을 따라 나 있는 운치 있는 길로 갔다. 못으로 내려가 손을 담가 보기도 하면서 산책하듯 이런저런 이야기를 나누며 걸었다. 무척산 정상에 오른 시간은 오후 1시 20분께. 정상은 좁은 편이나 조망이 좋아 마음까지 시원해졌다. 멀리 구불구불 흘러가는 낙동강도 정겹게 보인다.

우리는 올라온 길로 다시 하산을 했다. 그리고 조수미씨 동네에 있는 음식점에 들러 늦은 점심을 한 뒤 주남저수지_{경남 창원시 동읍 가월리}를 향해 달리기 시작했다. 점심을 오래 하는 바람에 5시 40분께 주남저수지에 도착했다. 산남,용산,동판의 세 개 저수지로 이루어져 있는 주남저수지는 이름난 철새 도래지로 180만 평 정도의 규모이다. 찬 바람이 부는 10월 중순부터 12월까지 시베리아나 중국 등지에서 재두루미, 쇠오리, 큰기러기, 청둥오리, 흰죽지 등 철새들이 날아와 이듬해 3월 말까지 그곳에서 겨울을 난다고 한다.

주남저수지 전망대 맞은편에 조성된 연꽃 단지에도 내려갔다. 가시연꽃, 빅토리아 수련, 홍련을 구경하다 보니 벌써 날이 어둑해져 아쉬웠다. 조수미씨는 못에 띄워 놓은 쪽배를 타고 "에헤야~"하며 노래를 불러 댔다. 나는 연밥이 그렇게 예쁜지 그날 처음 알았다. 갑자기 연밥으로 쑨 고소한 연자죽 한 그릇이 생각났다. _2007. 9. 25

■찾아가는 길
•남해고속도로 동김해 I.C→14번 국도→삼계 사거리에서 생림 상동 방향→58번 국도→생림 방향으로 직진→생림면사무소를 지나 5분 정도 가면 무척산 입구

오색 단풍 불타오르는 지리산 피아골
오랜 친구와 연곡사의 가을에 흠뻑 취하다

경기도 일산에서 살고 있는 절친한 대학 친구가 오랜만에 마산에 놀러 왔다. 내 삶에서 결코 빼 놓고 생각할 수 없을 만큼 가까운 친구, 그래서 멀리 떨어져 있어도 늘 내 마음 한 자락에 화려한 장밋빛 추억처럼, 때로는 쓸쓸한 갈색 가을처럼 머물러 있는 친구이다. 지난 10일 나는 친구 현경이, 가까이 지내는 콩이 엄마와 함께 지리산 피아골로 단풍놀이를 갔다. 우리는 오전 9시 30분에 마산을 출발해서 피아골 입구에 자리한 연곡사전남 구례군 토지면 내동리를 지나 직전마을에서 11시 20분께 본격적인 산행을 시작했다.

산도, 물도, 사람도 붉게 물든다는 피아골. 옛날 이 일대에 피밭稷田이 많아서 '피밭골' 이라는 이름이 생겼고 이것이 피아골로 변했다고 한다. 정유재란, 한말韓末 격동기, 한국 전쟁 등 우리 역사의 슬픔이 아직도 뼈아프게 서려 있는 듯한 피아골에는 오색 단풍이 불타고 있었다. 화엄사를 창건한 연기조사緣起祖師에 의해 세워졌다고 전해지는 연곡사로 올라가는 길에서부

산도, 물도, 사람도 붉게 물든다는 지리산 피아골

터 나는 이미 핏빛 단풍의 아름다운 자태에 환호성을 질러 댔다.

친구 현경이는 요즘 들어 부쩍 건강이 좋지 않아 걷는 모습이 씩씩하지가 않았다. 몸이 많이 약해져서 그런지 마음을 느긋이 가지지 못하는 것 같기도 했다. 그래도 불타오르는 피아골 단풍을 바라보며 점점 환해져 오는 친구 얼굴을 대하니 나도 괜스레 기분이 좋아졌다.

마치 색의 축제를 화려하게 벌이고 있는 듯한 피아골. 온통 울긋불긋한 단풍을 보면서 내가 왜 시집갈 때 입은 색동저고리를 떠올렸는지 모르겠다. 그 색동저고리를 곱게 개어 한동안 옷장에 잘 간직했다가 어느 날 무슨 심술인지 그냥 헌 옷 수거함에 내다 버린 일이 어렴풋이 기억이 난다.

친구 현경이는 1시간 정도 산행을 한 뒤 연곡사로 내려가서 우리를 기다리기로 했다. 나는 콩이 엄마와 같이 계속 걸어가면서 단풍의 아름다움에 흠뻑 취했다. 가을 지리산의 백미인 피아골 단풍을 보지 않고서는 단풍을 봤다고 말할 수 없을 것 같은 생각이 들 정도로 내 마음도 황홀하게 물들어 갔다. 우리가 피아골 대피소에 이른 시간이 오후 2시 10분께. 벌써 도착한 몇몇 등산객들이 뜨끈한 컵라면을 먹고 있었다. 구수한 냄새를 맡자 나는 갑자기 허기를 느꼈다. 그러나 기다리고 있을 친구 생각에 바로 하산을 서둘렀다.

하산길에 친구의 전화를 두 번이나 받았다. 그러나 하산하는 등산객들이 많아서 그런지 오후 3시 50분께나 되어서야 연곡사에 도착할 수 있었다. 단풍이 물든 연곡사는 눈물 나도록 아름다웠다. 소소리바람 불던 올 봄에 찾아갔을 때와는 또 다른 풍경이었다.

통일신라 후기를 대표할 만한 걸작품으로 평가를 받고 있는 연곡사 동부도東浮屠, 국보 제53호, 몸돌은 없고 받침돌과 머릿돌만이 남아 있는 동부도비東浮屠碑, 보물 제153호에도 가을이 곱게 내려앉았다.

구례 연곡사

스님들이 참선하는 건물 옆쪽으로 은행나무가 있었다. 가까이 다가가자 은행 구린내가 솔솔 풍겼다. 그래도 노란 은행잎들이 소복이 쌓여 있는 낭만적 풍경이 유혹을 했다. 우리는 금세 구린내도 잊어버린 채 사진을 찍으며 샛노란 가을을 맘껏 즐겼다.

친구는 예쁜 단풍잎들을 주워 내게 보여 주었다. 나이를 먹어도 단풍잎을 하나하나 줍는 소박한 마음을 지닌 내 친구가 참으로 좋다. 우리는 연곡사 입구에 있는 산방다원에 들어가 담백한 야생 녹차를 마시고 나서 마산을 향해 달리기 시작했다. _2007. 11. 13

■찾아가는 길
•서울→대전→전주→남원, 춘향터널 지나 오른쪽 순천행 19번 산업국도→밤재터널→20.2km→구례 I.C →19번 국도 하동 방면→11.8km→외곡검문소서 좌회전→8km→연곡사→피아골
•부산→남해고속도로→120km→하동→19번 국도→12km→하동읍→19번국도→20.8km→외곡검문소서 우회전→8km→연곡사→피아골
•광주→호남고속도로→곡성→9.5km→곡성읍→17번 국도→15.0km→압록→17번 국도→8.0km→구례구역→18번 국도→5.5km→구례 I.C→19번 국도 하동 방면→11.8km→외곡검문소서 좌회전→8km→연곡사→피아골

주왕산 단풍이 유혹하는 화려한 가을
경북 청송군 주왕산 국립공원을 다녀와서

가을이다. 팍팍한 일상에서 벗어나 어디든 떠나고 싶은 계절이다. 일상에 그저 머물러 있기에는 마음이 너무 쓸쓸하다. 메마른 내 마음에도 알록달록 예쁜 색깔을 덧칠하고 싶어졌다. 그렇지 않고서는 가을의 하루하루가 참으로 외롭기만 하니까.

나는 지난 11월 3일에 가까이 지내는 콩이 엄마와 함께 주산지경북 청송군 부동면 이전리가 있는 주왕산 국립공원으로 떠났다. 올 1월, 주산지에 처음 갔다 온 뒤로 겨울 추위로 얼어붙은 물 위로 흔들리듯 가지를 뻗고 있던 왕버들의 묵묵한 모습이 한동안 내 머릿속을 떠나지 않았다.

우리는 오전 11시께 마산에서 출발하여 오후 2시 30분에 주산지에 도착했다. 주왕산으로 단풍놀이 나온 사람들로 차가 많이 밀렸다. 주산지는 조선 경종 때1721년에 완공된 농업용 저수지라고 한다. 6천여 평 면적으로 수령 1백 년을 훨씬 넘은 왕버들들이 물속에 서 있는 풍경은 신비롭기 그지없다.

주산지에도 울긋불긋 단풍이 물들었다.

김기덕 감독의 〈봄 여름 가을 겨울 그리고 봄2003〉이 촬영된 곳으로도 유명한 주산지. 그날 주산지에는 단풍이 곱게 물든 가을 풍경을 보러 나온 사람들로 북적거렸다. 슬픈 일, 기쁜 일에도 호들갑을 떨지 않고 그저 지켜보듯 말없이 서 있는 왕버들에게서 우리는 과연 어떤 깨달음을 얻고 가는 것일까.

우리는 주산지에서 오래 머물 수 없어 아쉬운 발길을 돌려야 했다. 주산지 입구에서 콩이 엄마는 청송 사과를 한 봉지 가득 샀다. 남편의 직장 관계로 청송에서 8년 동안 살았던 적이 있는 콩이 엄마 말로는 청송 사과 맛이 기막히다고 했지만 지난 시절의 그리움이 더 컸으리라.

빨간 사과들이 주렁주렁 달려 있는 길가 과수원들의 그림 같은 풍경에 이따금 취하면서 주왕산 대전사경북 청송군 부동면 상의리에 도착한 시간은 오후 3시 50분께. 시간이 늦어 우리는 서둘러 대전사 경내로 들어섰다. 누가 주왕산722m의 첫인상을 말해 보라고 하면 아마 대전사 보광전경북유형문화재 제202호 뒤로 우뚝 솟아 있는 기암旗岩을 떠올리는 사람들이 많을 것이다. 범할 수 없는 위엄이 서려 있어 경이로운 느낌마저 주는 아름다운 기암은 주왕산의 상징적인 바위라 할 수 있다.

주왕산은 기기묘묘하게 생긴 웅장한 바위들이 많다. 그래서 산의 형상이 돌로 병풍을 친 것 같다 하여 본디 석병산石屏山이라 불렀는데, 중국 당나라 때 주도周鍍라는 사람에 얽힌 이야기가 전해지면서 주왕산周王山이라 부르게 되었다.

자신을 후주천왕後周天王이라 칭하면서 군사를 일으켜 당나라에 반기를 들었던 주도가 크게 패하여 깊고 험준한 주왕산까지 쫓겨 와서 숨어 지냈다고 한다. 이에 주왕을 없애 달라는 당나라 왕의 청을 받아들인 신라 왕이 마일성 장군을 보내 그 무리를 해치우게 했다.

결국 네 명의 아우와 합세한 마일성 장군의 화살에 맞아 주왕은 비참한 죽임을 당하게 되었다는 거다. 대전사大典寺라는 절의 이름도 고려 태조 2년919 눌옹 스님이 그곳에서 주왕의 아들인 대전도군大典道君의 명복을 빌면서 붙여진 이름이라 한다.

나는 울긋불긋 단풍이 곱게 물든 예쁜 길을 걸어가게 되어서 행복했다. 반갑게도 아기 다람쥐가 쪼르르 지나갔다. 고운 단풍 길에서 다람쥐까지 보게 되어 더욱 행복해졌다. 우리는 보는 방향에 따라 사람의 얼굴 같기도 하고 떡을 찌는 시루 같기도 한 시루봉, 청학과 백학의 이야기가 전해져 내려오는 학소대 등을 지나 제1폭포에 이르렀다. 몇 번이나 봐도 늘 새로운 느낌을 주는, 한 폭의 그림 같이 예쁜 폭포이다.

벌써 오후 5시가 되어 가고 있어 나는 제3폭포로 올라가기 위해 어쩔 수 없이 빠른 걸음으로 걸어갔다. 그런데 콩이 엄마가 갑자기 조그만 바위에 걸터앉아 립스틱을 바르고 있는 거다. 의아스러운 얼굴로 쳐다보는 내게 콩이 엄마는 "화려한 색깔의 단풍을 보니 문득 빨간 립스틱을 바르고 싶어졌다"고 말했다. 아름다운 자연을 닮고 싶은 여자의 마음이라 할까. 어쨌든 콩이 엄마는 마음이 여유롭고 낭만적인 사람이다.

제3폭포에 도착하니 어둠이 점점 내려앉았다. 사람들도 거의 보이지 않고 해서 곧바로 내려가기로 했다. 어둠을 뚫고 가는 느낌이 그런 걸까. 눈에 불을 켜고 걸어가야 할 판이었다. 그런데도 콩이 엄마는 언제 봤는지 다람쥐가 막 뛰어갔다고 내게 말해 주었다. 그러면서 폭포로 올라가는 길에 도토리를 싹쓸이하듯 주워 가는 사람들을 봤다고 했다. 사람들의 욕심이 왠지 무섭다.

우리는 주차장 부근 음식점에 들어가서 점심 겸 저녁을 먹은 뒤 마산을

시루봉(앞)에도 늦가을이 짙게 내려앉았다.

주왕산 제3폭포

향해 달리기 시작했다. 가을 단풍은 아름다운 유혹이었다. 나는 그 화려한 유혹에 몇 번이고 빠져들고 싶어진다. _2007. 11. 7

■찾아가는 길
•서울→영동고속도로→중앙고속도로→서안동 I.C→안동댐 방향(34번 국도)→안동댐 입구→진보/영덕 방향(34번 국도)→청송→주왕산국립공원 상의주차장
•광주→88올림픽고속도로→대구→대구-포항간고속도로→북영천 I.C(35번 국도)→현서(68번 지방도)→ 현동(31번 국도)→청송→주왕산국립공원 상의주차장

지율 스님 생각나는 천성산, 억새밭이 장관

경남 양산시 천성산 산행

지난 13일 나는 유치원에서 놀이 수학을 가르치는 조수미씨, 지긋한 나이에도 마음은 늘 청춘인 김호부 선생님과 함께 경상남도 양산시 천성산 922m 산행을 떠났다. 오전 9시에 마산을 출발한 우리 일행은 10시 30분께 홍룡사 입구에서 산행을 시작했다. 원적산이라 부르기도 하는 천성산千聖山은 양산시 웅상읍과 상북면, 하북면의 경계에 위치하고 있다. 당나라에서 건너온 천 명의 승려에게 화엄경을 설법하였다는 원효대사의 이야기가 전해지고 있는 산이다.

요즘 사람들은 천성산이라 하면 아마 지율 스님을 떠올릴 것이다. 계곡의 맑은 물소리가 끊이지 않고 단풍이 물들기 시작하는 숲길을 오르면서 천성산을 그토록 지키려 했던 지율 스님의 마음을 알 것 같았다.

1시간 30분 남짓 걸었을까, 차가 다니는 임도가 갑자기 나와서 당황했다. 그래도 한들한들 피어 있는 예쁜 코스모스꽃들에 끌려 불편한 심기를 털어

끝없이 펼쳐지는 하얀 억새밭에 은빛 가을이 누워 있다.

버렸다. 게다가 미리 알고는 갔지만 천성산 정상에 오르지 못하는 것 또한
참 아쉬웠다. 화엄벌로 가는 길 군데군데 지뢰가 매설되었던 지역이라 위
험하다고 적어 놓은 경고문에다 아예 철조망까지 둘러쳐져 있었다.

원효스님이 화엄경을 강설했다는 화엄벌에 도착한 시간은 낮 12시 50분
께. 평평하고 드넓은 그곳에서 가을 햇살 받은 은빛 억새들을 바라보며 우
리는 컵라면, 사과 등으로 허기를 좀 채웠다. 그리고 시원한 맥주도 약간 곁
들이며 이런저런 이야기를 한참 동안 나누었다. 우리는 천성산 제2봉으로
계속 갈까 생각하다 화엄늪 쪽 억새밭을 지나 홍룡사로 내려가기로 했다.
화엄늪은 화엄벌에 형성된 산지 습지로 생태학적 가치가 매우 높아 2002
년에 습지보호지역으로 지정되었다. 거기에는 앵초, 물매화, 잠자리난초,
흰제비난 등 다양한 습지 식물들이 서식하고 있다고 한다.

끝없이 펼쳐지는 화엄벌의 하얀 억새밭에 은빛 가을이 누워 있었다. 바
람결 따라 찰랑대며 찬란한 가을 햇살과 노닥거리는 그곳에 나도 누워 그
저 달콤한 꿈에 빠져 들고 싶었다. 하얗게 빛나는 눈부신 가을이 더 오래 머
물다 가기를 기대하면서. 그리고 온 산에 울긋불긋 단풍이 곱게 물들 늦가
을을 몹시 기다리면서.

홍룡폭포를 볼 수 있는 홍룡사虹龍寺, 양산시 상북면 대석리로 내려가는 길은 가파
른 내리막이 계속 이어졌다. 그 길에서 도토리를 줍고 있는 사람들과 몇 번
이나 마주쳤다. 숲속의 야생동물들도 가을 열매를 먹어야 할텐데, 싹쓸이
하는 듯한 그들이 무섭다.

신라 문무왕 때 원효스님이 세웠다는 홍룡사. 그 절의 관음전 옆에 있는
홍룡폭포의 기세는 참으로 위풍당당하다. 홍룡사는 당나라 승려들이 폭포
에서 몸을 씻고 원효스님의 설법을 들었다 하여 낙수사落水寺라 부르기도 했

다. 힘차게 떨어지는 폭포수가 바위에 부딪치며 물보라를 일으켰다.

　폭포 이름에 왜 무지개 홍虹이 들어갔을까. 옛 사람들은 무지개를 용이 나타난 것으로 생각했다는 글이 문득 떠올랐다. 나는 홍룡폭포를 바라보며 무지개를 타고 황룡이 하늘로 올라가는 모습을 마음속으로 그려 보았다. 이제 하얀 억새밭이 그리움처럼 내 마음에 들어앉았다. 지율 스님이 지키던 천성산이라서 더욱 애틋하게 말이다. _2007. 10. 15

■찾아가는 길
●양산 시내→언양 방면→대석마을→홍룡사→천성산

내 마음을 흔들어 놓은 금빛 억새밭
경남 밀양시 재약산 사자봉을 다녀와서

　내게 있어 넉넉한 산은 팍팍하고 고달픈 삶을 잊게 하는 숨구멍 같은 것. 이따금 세상일로 울화가 부글부글 끓어오르거나 갑자기 내 모습이 초라하고 서글프게 느껴지면 산으로 막 달려가고 싶어진다. 지난 23일 나는 답답한 일상에서 벗어나 밀양 재약산 사자봉1189m을 떠나는 산악회를 따라나섰다. 아침 8시에 마산을 출발한 우리 일행은 9시 40분께 석남터널 입구에서 산행을 시작하였다.

　경상남도 밀양시 단장면과 산내면에 걸쳐 있는 재약산 사자봉은 영남알프스에 속하는 산이다. 영남알프스는 마치 유럽의 알프스처럼 아름답다 하여 그 이름이 붙여졌다. 경남 밀양시 산내면, 경북 청도군 운문면과 울산광역시 울주군 상북면 등에 모여 있는 일곱 개의 산을 가리키는 것으로, 가지산1240m, 신불산1208m, 재약산1189m, 운문산1188m, 간월산1083m, 영축산1059m, 고헌산1032m이며 그 높이가 모두 1천 미터가 넘는다.

10분 남짓 가파른 오르막길을 올라가면 계속 부드러운 능선을 타게 된다. 드문드문 억새풀이 보이더니 갈수록 점점 더 많았다. 앙상한 나무들과 어우러져 있는 금빛 억새풀의 풍경은 한 폭의 예쁜 그림 같았다. 사랑의 봄을 꿈꾸고 싶은 아늑한 풍경이라고 할까. 잠시 편안한 기분에 젖어 신나게 뛰어 보았다. 그리고 가끔 멋들어지게 생긴 소나무들도 내 발길을 붙잡았다.

10시 50분께 능동산陵洞山, 982m 정상에 이르렀다. 그저 평범한 곳이다. 나는 그곳에 잠시 앉아서 쉬고 있던 일행 두 분과 헤어져 곧장 재약산 사자봉을 향했다. 그 길에는 따뜻한 봄이 이미 성큼 다가와 있었다. 게다가 걸쳐 입은 두꺼운 옷을 벗어야 할 정도로 햇볕이 꽤 따갑게 쏟아져 내렸다.

정상에 가까워질수록 억새밭이 드넓게 펼쳐져 있었다. 억새 하면 아마 은빛 물결로 굼실굼실 춤추는 가을 억새밭이 먼저 떠오를 것이다. 사실 머릿속에 그저 그려 보기만 해도 행복한 풍경이다. 그래도 이맘때 햇살에 반짝이는 금빛 억새밭의 풍경 또한 평화롭고 한가하여 좋다. 나는 문득 넓디넓은 억새밭에 길게 누워 달콤한 봄꿈에 젖어 있고 싶었다. 느긋한 마음과 나른해진 몸으로 그저 강은교의 '사랑법'이나 읊으며 누워 있고 싶었다.

실눈으로 볼 것
떠나고 싶은 자
홀로 떠나는 모습을
잠들고 싶은 자
홀로 잠드는 모습을

가장 큰 하늘은 언제나
그대 등뒤에 있다.

– 강은교의 '사랑법' 일부

　재약산 사자봉에 오른 시간은 낮 1시 10분께. 일제강점기에는 천황산이라 불렀다 한다. 그 후에 우리 산에 우리 이름을 되찾아 주는 운동이 전개되면서 산꾼들은 재약산 사자봉으로 부르고 있다. 그런데 아직도 정상 표지석에 천황산으로 표기되어 있는 사실이 너무 실망스러웠다. 재약산載藥山은 신라 흥덕왕의 아들에 얽힌 이야기가 전해진다. 흥덕왕 4년829에 병에 걸린 왕자가 명산의 약수를 찾아 나라 안을 두루 돌아다니다 현재 표충사 자리에 있는 영정약수靈井藥水를 마시고 나았다 한다. 그 뒤로 산 이름을 재약산이라 부르게 되었다는 거다.

　그날 산행은 마침 시산제를 겸한 것이었다. 그래서 여느 산행과 달리 정상에서 따사로운 햇볕을 쬐며 여유 있는 시간을 보낼 수 있었다. 모두들 군데군데 앉아 제사상에 올린 음식까지 곁들여 맛있게 도시락을 먹는 모습도 정겹게 와 닿았다. 정상 일대는 거대한 암벽이 있어 거칠고 험한 느낌이 들기도 하지만 사자봉은 산세가 부드러운 산이다. 신라 무열왕 원년654에 원효대사가 세웠다는 표충사로 하산하는 길에 반짝반짝 햇살 받은 금빛 억새밭이 또 내 마음을 흔들어 댔다. 이제 내 마음밭에도 따스한 봄이 왔다.
_2007. 2. 26

■찾아가는 길
•경부고속도로 언양 I.C→석남터널(국도 24호선) 입구→능동산→재약산 사자봉

손녀 업고 산 타는 예순 할머니
경남 밀양시 재약산 수미봉 산행

지난 21일 나는 유치원에서 놀이 수학을 가르치는 조수미씨, 지긋한 나이에도 마음은 늘 청춘인 김호부 선생님과 함께 밀양 재약산 수미봉1108m산행을 떠났다. 오전 9시에 마산을 출발한 우리 일행은 10시 50분께 표충사경남 밀양시 단장면 구천리 입구에서 산행을 시작했다.

우리는 옥류동천을 끼고 단풍이 곱게 물들기 시작하는 산길을 느긋하게 걸어갔다. 갑자기 몹쓸 병에 걸려 입원을 하게 된 내 직장 동료의 이야기를 나누면서. 소소리바람이 불던 올 3월 초, 조수미씨도 그와 함께 봄 나들이 한 인연으로 산행 전날에 문병을 다녀왔다. 며칠 동안 그의 병실을 드나들면서 나는 산다는 것이 참으로 외롭다는 생각을 해 보았다. 그래서 더욱 산이 그리웠는지 모른다. 어느 산이든 무작정 발길 닿는 대로 떠나고 싶은 마음뿐이었다.

25분 남짓 걸었을까. 우렁찬 소리로 떨어져 내리는 흑룡폭포가 우리들의

밀양 재약산 흑룡폭포

발길을 붙잡았다. 먼 거리에 있어 그저 바라만 볼 수밖에 없는 폭포이다. 마치 깊은 산속에 숨겨진 신비스러운 폭포 같다. 남몰래 짝사랑하는 심정이 그런 것일까. 아름다운 풍광만큼이나 가까이 다가가지 못해서 안타까웠다.

그날 생후 19개월 된 손녀를 업고 산행하는 광주 할머니가 산행 내내 화제에 올랐다. 나이가 예순인 할머니는 힘들지도 않은지 나보다 더 빨리 걸었다. 김호부 선생님은 "25년 동안 산행하면서 아이 업고 산을 타는 분은 처음 봤다"며 대단한 할머니라고 감탄했다.

두 번째 폭포인 층층폭포에 이르렀다. 누군가 재미 삼아 마구 흔들어 대는 다리를 건너서 층층폭포로 내려갔다. 여기저기 사진을 찍는 사람들이 많았다. 예전에는 폭포 하면 무더운 여름에만 찾는 줄로 알았다. 그런데 가을 폭포도 운치가 있었다. 게다가 가까이에서 몸으로, 마음으로 느낄 수 있는 폭포라서 그런지 그곳에는 끼리끼리 모여 앉아 쉬고 있는 등산객들이 많았다.

고사리분교터와 재약산 정상으로 가는 갈림길에서 김호부 선생님은 남아 있기로 하고 둘이서 재약산 정상을 향했다. 하늘 아래 첫 학교였던 고사리분교. 가난으로 힘들어도 순박함을 잃지 않았을 것 같은 아이들의 얼굴을 머릿속으로 그려 보았다. 산동초등학교 사자평분교가 정식 명칭으로 지난 1996년에 폐교되었다 한다. 30년 동안 졸업생 수는 36명. 사자평에서 삶의 터전을 잡고 살던 화전민들의 자녀들이 배움터로 삼았던 곳이다.

진불암 갈림길을 지나 재약산 수미봉 정상에 오른 시간이 오후 1시 40분께. 사람들이 북적거려 정상 표지석 사진을 찍기도 어려웠다. 거기서 재약산 사자봉$_{1189m}$, 능동산$_{982m}$으로 이어지는 억새 능선 길은 참으로 아름답다. 올 2월에 산행을 했던 코스로 반짝반짝 햇살 받은 금빛 억새밭이 지금도 내 마음속에 남아 있다.

우리는 그날 억새 산행이 목적이 아니라서 수미봉 정상에서 왔던 길로 다시 내려가기로 했다. 기다리고 있던 김호부 선생님과 만나 김밥과 컵라면으로 늦은 점심을 했다. 하산길의 층층폭포에는 벌써 그림자가 드리웠다. 그리고 예쁘게 걸려 있는 작은 무지개. 비록 크기는 작지만 그 예쁜 무지개가 내 마음을 잠시 흔들어 놓았다.

신라 무열왕 원년654에 원효대사가 세웠다는 표충사에 잠시 들렀다. 원래 이름은 죽림사竹林寺인데 신라 흥덕왕 4년에 영정사靈井寺로 바뀌었다. 그러다 임진왜란 때 승병을 일으킨 사명대사의 충혼을 기리기 위해 고향 무안면에 세워져 있던 표충사表忠祠를 조선 헌종 5년1839에 그곳으로 옮기면서 절 이름도 표충사表忠寺로 고치게 되었다.

표충사 경내에는 사명대사를 기리는 '사명제전' 행사등이 아직도 달려 있었다. 우리는 영정약수 한 바가지 들이켜고 통일신라 시대에 세운 것으로 높이가 7.7m인 삼층석탑보물 제467호과 석등경남유형문화재 제14호을 구경했다. 마침 베트남에서 온 스님들이 그것을 배경으로 사진을 찍고 있었다.

흑룡폭포, 층층폭포의 아름다움을 안고 마산으로 돌아갔다. 커피 한 잔에도 맛과 정성이 늘 느껴져 자주 가는 단골 카페 '하얀집'에 가서 맥주를 조금 곁들이며 스파게티를 맛있게 먹었다. 추락하는데도 아름다움이 느껴지는 폭포. 나는 그 떨어지는 폭포들의 찬란함을 떠올리며 직장 동료 또한 몹쓸 병을 털고 다시 일어나리라 믿고 싶었다. 그리고 따뜻한 시선을 지닌 우리들의 또 다른 삶을 꿈꿔 보고 싶었다. _2007. 10. 27

■찾아가는 길

•경주,울산 방면: 언양 I.C→석남터널(국도 24호선)→산내면사무소→금곡 삼거리(지방도 1077호)→삼거→표충사

•창원,마산 방면: 동창원 I.C→진영(국도 25호선)→밀양경찰서→밀양시청→긴늪 사거리(국도 24,25호선 분기점)→금곡 삼거리(우회전)→삼거→표충사

달콤한 꿈의 섬, '사량도' 정상에 오르다
경남 통영 사량도 지리망산 산행

한동안 꼼짝달싹 못하고 갑갑한 일상의 시간에 꽁꽁 묶인 듯한 기분이다. 사실 습관처럼 되풀이되는 단조로운 일상이 오히려 삶을 튼튼하게 하기도 한다. 그래도 지루한 일상이 주는 우울함을 털고 삶의 유쾌함을 찾아 그저 떠나고 싶었다. 숨이 턱 막히는 듯한 일상의 삐걱거리는 계단을 밟고, 경쾌한 걸음걸이로 싱싱함이 넘치는 멋진 시를 읊으며.

기분 좋은 말을 생각해보자.
파랗다. 하얗다. 깨끗하다. 싱그럽다.
신선하다. 짜릿하다. 후련하다.
기분 좋은 말을 소리내보자.
시원하다. 달콤하다. 아늑하다. 아이스크림.
얼음. 바람. 아아아. 사랑하는. 소중한. 달린다.

나는 지난 27일 사량도 지리망산398m, 경남 통영시 사량면 돈지리 산행을 떠나는 산악회를 따라나섰다. 사량도는 어사 박문수에 얽힌 이야기가 전해지고 있다. 그가 고성군 문수암에서 그 섬을 바라보니 마주 보고 있는 상도윗섬와 하도의 모습이 마치 짝짓기 직전의 뱀의 형상이라 '뱀 사蛇' 자를 써서 '사량도'라 했다 한다.

배를 타고 떠나는 것만으로도 마음이 몹시 설레는 사량도 산행. 그래서 그런지 사량도가 무미건조한 생활에 아슬아슬한 재미를 더해 주는 환상의 섬이라는 생각마저 들었다. 평범한 일상에 하얀 햇살이 쏟아져 들어오는 예쁜 창을 낸, 그런 달콤한 꿈의 섬 말이다.

우리 일행은 경남 마산에서 버스로 1시간 10분 남짓 걸려 고성군 하일면 동화리 선착장에 내렸다. 그곳에서 배를 타고 15분 가량 가면 내지마을에 도착하게 된다. 우리 일행은 거기서 산행을 시작하여 지리망산, 불모산 달바위, 가마봉, 옥녀봉으로 해서 금평리 사량중학교 쪽으로 하산하기로 되어 있었다.

사량도 상도에 동서로 길게 뻗어 있는 산줄기에서 대표적인 산이라 할 수 있는 지리망산은 맑은 날이면 지리산이 보인다고 해서 그 이름이 붙여졌다 한다. 그것도 언제부터인가 지리산으로 줄여 부르고 있다. 아름다운 장미에 뾰족한 가시가 돋아 있듯 매혹적인 곳에는 위험이 따르는 걸까. 이번 사량도 산행에서 세로로 켜켜이 쌓아 놓은 듯한, 칼날 같이 날카로운 형상의 돌과 아찔할 정도로 깎아지른 험한 절벽이 인상적이었다.

지리망산에 이르기까지는 부드러운 흙길도 밟고, 멀리 새뽀얀 안개 낀 바다를 내려다보는 여유도 부렸다. 어느 사이에 안개가 활짝 걷힌, 눈이 시

리도록 차디찬 푸른색 바다 풍경을 떠올리면서… 그리고 지리망산 정상에
서 얻어 마신 향긋한 모과차 한 잔에서도 늦가을의 정취에 취해 있는 나를
발견할 수 있었다.

지리망산에서 불모산 달바위399m, 가마봉303m, 옥녀봉261m으로 이어지는
바위 능선길은 게으른 산행과는 거리가 멀다. 수직으로 세워진 철계단과
줄사다리를 잡고 내려가기도 하고 로프를 움켜잡고 깎아지른 듯한 절벽을
타고 오르는 등 다리가 후들후들 떨리는 위험한 코스가 계속 이어지기 때
문이다. 하지만 위험한 구간마다 우회 코스를 이용할 수 있게 등산로가 잘
되어 있어 겁먹을 필요는 없다. 그래도 나는 신나는 도전을 택하기로 마음
먹었다. 더럭 겁은 났지만 씩씩하게 도전해 보는 것이 두고두고 후회가 없
을 것 같았다. 평범한 일상에서도 이따금 격정이란 게 솟구쳐 오르지 않는
가.

그런데 갈수록 스멀스멀 밀려오는 두려움으로 다리에 힘이 빠지고 몸이
떨리기도 했다. 옥녀봉에 이르는 길은 마치 유격 훈련을 받는 기분이 들 만
큼 험하기 그지없었다. 반면에 스릴도 있어 오래오래 기억에 남을 것 같다.
사량도 옥녀봉에도 슬픈 전설이 있다. 외딴집에서 옥녀와 단둘이 살던 아
버지가 어느 날 욕정에 눈이 멀어 딸을 범하려 하자 그 바위 아래로 몸을 던
져 죽었다는 이야기이다.

사량도 산행은 4~5시간 정도면 마칠 수 있다. 힘들면 도중에 하산하는
코스도 있다. 산은 늘 내게 그리움이다. 또 산이 있어 사람도 그리운 것 같
다. 산행을 끝내고 집으로 돌아가는 길은 어쩌면 나 자신으로 돌아가는 것
인지도 모른다. _2005. 11. 29

■찾아가는 길

•남해고속도로 서마산 I.C→고성군 하일면 동화리 선착장→ 통영시 사량면 내지마을 선착장

•남해고속 서마산 I.C→고성(14번 국도)→학섬 휴게소→58번 지방도로 우회전→도산면 오륜리 가오치 (사량호 선착장)→사량면 금평리(진촌)

•카페리 이용 안내 : (055) 647-0147, 643-7939 타는 곳: 도산면 가오치 선착장, 사량호 출항 시간(10월~이듬해 3월) 07:30, 09:30, 12:00, 14:00, 16:10 (4월~9월) 07:00, 09:00, 11:00, 13:00, 15:00, 17:10 여객 운임: 4,300원, 소요 시간: 40분, 차량 운임:승용차(10,000~15,000원) 승합차 (12,000~25,000원)

※ 출항 시간과 요금은 변경될 수 있으니 사전 문의 바람.

그 아름다운 섬에 내가 있었네
경남 통영시 연화도 연화봉에 가다

　뭍에만 살아서 그런지 드넓은 바다에 한가로이 떠 있는 섬의 풍경은 내겐 늘 아름다운 낭만으로 와 닿는다. 험한 바다를 끼고 살아가는 섬사람들은 팔자 늘어진 소리를 한다며 혀를 끌끌 찰지도 모를 일이겠지만 말이다. 단지 섬이라는 이유 하나만으로 나는 지난 1일 통영 연화도경상남도 통영시 욕지면 연화리로 나들이 겸 산행을 떠나는 산악회를 따라나섰다. 바다에 피어 있는 연꽃이란 의미를 지닌 연화도는 통영항에서 남쪽으로 24km 떨어진 위치로 뱃길로 1시간 정도 걸리는 작은 섬이다.

　통영시 관내 유인도 가운데 처음 사람이 살았다는 연화도. 섬 이름에서 느낄 수 있듯이 연화도蓮花島는 불교와 관련된 전설이 전해지고 있다. 조선시대 연산군의 억불정책을 피해 이 섬으로 은신한 연화도사가 연화봉에 암자를 짓고 수도하다 입적하였다. 이에 그의 유언에 따라 수장水葬을 하자, 도사의 몸이 한 송이 연꽃으로 변했다는 이야기이다.

시퍼런 바다를 유유히 헤엄쳐 나가는 용의 날카로운 발톱을 보는 듯한 통영 연화도 용머리

아침 9시 10분께 마산을 출발한 우리 일행은 통영 여객선터미널에 도착하여 11시에 떠나는 욕지고속카훼리호를 탔다. 한꺼번에 승용차 33대를 태울 수 있는 규모인 그 배를 타자 나는 어린아이처럼 신이 났다. 마음이 들떠 3층 갑판 위로 올라가서 바다 한가운데를 달리는 상쾌한 기분에 젖어 있다 얼굴을 때리는 차가운 바람에 할 수 없이 따뜻한 2층 선실로 내려가기를 되풀이했다. 그런데 선실에도 창문을 내어 마치 넘실대는 파란 바다가 창으로 밀려드는 것 같은 즐거움을 가질 수 있었다.

우리가 연화도에 내린 시간은 오전 11시 56분. 먼저 1998년에 쌍계사 조실 고산스님이 세웠다는 연화사를 들렀다. 연화사는 역사는 매우 짧은 절이지만 방문객을 포근하게 감싸는 듯한 예쁜 절이었다.

연화도에는 군데군데 금빛 억새밭을 볼 수 있다. 연화봉으로 가는 길에 바람결 따라 이리저리 출렁이는 억새들이 내 마음마저 흔들었다. 게다가 옥빛 바다와 어우러진 '용머리'의 아름다움은 가히 연화도의 절경이었다. 네 개의 바위가 어울려 있는 곳이라 하여 '네바위'라고 불렀다는 용머리는 연화도의 상징적인 바위라 할 수 있다.

연화봉 가는 길에는 연화도사의 뒤를 이어 섬으로 건너온 사명대사가 수도했다는 토굴 터가 있다. 또한 사명대사와 얽힌 전설로 세 비구니인 자운선사의 이야기도 전해지고 있다.

자운선사는 사명대사의 누이인 보운, 속세에서 그의 약혼녀였다는 보련과 그를 짝사랑하다 수도승이 된 보월을 말한다. 그들은 임진왜란이 발발할 것을 예측하여 이순신 장군을 만나 거북선 건조법, 해양지리법 등을 알려 주었다고 한다.

연화봉215m에 이른 시간이 12시 30분께였다. 마을 동산 같은 그곳에서 나는 곧장 보덕암으로 내려갔다. 보덕암은 경치가 빼어난 용머리가 한눈에 들어오는 좋은 자리에 절터를 잡고 있었다. 지금도 아름다운 용머리를 내려다보는 보덕암의 해수관음상이 기억에 많이 남는다. 나는 일행 몇몇과 보덕암 부근에서 도시락을 꺼내 먹고 설레는 마음으로 용머리를 향해 걸어갔다.

용머리로 가는 길에도 억새들이 나를 반겼다. 드디어 나는 시퍼런 바다를 유유히 헤엄쳐 나가는 용의 날카로운 발톱을 보는 듯한 용머리에 이르렀다. 아쉽게도 바위들이 몹시 험해 용머리 끝까지 갈 수는 없었지만, 한참이나 신비한 풍경에 취해 서 있었다. 그러다 동두 마을이 보이는 길을 따라 천천히 내려가기 시작했다. 갈매기 우는 소리가 아스라이 들려오는 마을의 정겨움이 내 마음을 따뜻하게 했다. 선착장까지 가는 길에는 군데군데 동백나무가 서 있었다. 간간이 곱게 얼굴을 내민 선홍색의 동백꽃을 보며 느긋하게 걷는 기분을 어떻게 말로 다 할 수 있을까. 나는 절로 콧노래를 흥얼거렸다.

선착장 부근에는 찬 바람이 쌩쌩 불어 대고 있었다. 오후 4시 50분에 오는 배 시간까지는 시간이 꽤 남았다. 산악회 사람들은 추위를 피해 가까이에 있는 횟집에 들어가서 생선회를 먹으며 시간을 때우고 있었다. 서먹서먹하고 쑥스러운 사이지만 나도 그들 틈에 끼어 소주도 몇 잔 받으며 이야기를 나누었다. 시간에 맞춰 우리를 통영항까지 태우고 갈 배가 왔다. 속이 좀 울렁거렸지만 바람이 너무 차가워 그냥 선실에 앉아 있었다. 오후 6시 가까이에 통영항에 도착했다.

배를 타고 놀다 온 연화도가 마치 꿈결에 본 섬인 듯했다. 선실에 계속 있어서 그런지 머리는 띵했지만, 미끄러지듯 선착장에 들어선 큰 배에서 내리는 내 마음밭은 벌써 그리움 하나 안고 있었다. 별 탈 없이 섬 여행을 마치고 돌아와서 다행이라는 생각도 머릿속을 스쳐 지나갔다. 마산으로 돌아가는 차창 밖으로 밝은 달이 높게 떠 있었다. 그 순간 내가 되돌아갈 수 있는 따뜻한 가족이 있다는 게 참 좋았다. _2007. 2. 2

■찾아가는 길
•통영시 원문검문소 지나 시내 간선도로 진입→세종병원 앞 신호동서 우회전→산복도로 좌회전→적십자병원서 진압→산복도로(문화주유소 앞 신호등서 직진)→충렬사 앞 신호등서 우회전→시내 간선도로 500미터 정도 가서 사거리서 해안도로 쪽 좌회전→100미터 정도 지나 통영특산품 전시판매장 좌회전 → 100미터 앞 여객선터미널 이용
•통영여객선터미널 이용 안내 : (055) 641-6181, 642-0116~7, 타는 곳:통영여객선터미널, 선명:욕지 1호 (http://www.yokjishipping.co.kr/)

그 산에 하얀 눈이 소복소복 쌓여 있었네
충북 단양군 소백산 비로봉에 가다

나는 서울에서 보낸 대학 시절을 빼고는 여태껏 고향 마산을 떠난 적이 없다. 남쪽 지방의 포근한 도시에서 살다 보니 겨울이 오면 마치 보고 싶은 친구를 기다리듯 하얀 눈이 소복소복 쌓여 있는 풍경이 늘 그립다. 마침 지난 9일 눈꽃 산행으로 소백산 비로봉1439m 산행을 떠나는 산악회가 있어 따라나섰다. 아침 8시 마산에서 출발한 우리 일행은 충청북도 단양군 가곡면 어의곡리 새밭마을에서 11시 40분께 산행을 시작했다.

비로봉은 충북 단양군과 경북 영주시에 걸쳐 있는 소백산小白山의 주봉이다. 그날 하얗게 눈이 쌓인 산길은 평화로운 고요에 잠겨 있었다. 그러다 갑자기 어디선가 들려오는 맑은 물소리에 나는 깊은 고요함 속에서 깨어났다. 졸졸 흐르는 물소리가 들리지 않았다면 어디가 계곡이고 어디가 길인지 분간하기 어려울 정도로 두꺼운 솜이불 같은 하얀 눈이 그 계곡을 덮고 있었다.

정겨운 다리 위에도, 푸른 소나무 위에도 하얗게 눈이 내려앉았다. 이따금 비스듬히 비치는 겨울 햇살에 녹아내린 눈가루들이 나뭇가지에서 부스스 흩날렸다. 앞에서 걸어가는 젊은 여자의 배낭에 매달려, 그녀가 뽀드득거리는 눈길을 밟을 때마다 딸랑딸랑 울어 대는 종소리도 싫지가 않았다.

온 산이 한겨울의 스산함을 숨기고 하얀색으로 두껍게 덧칠을 했다. 그곳에서는 가난도, 슬픈 사랑도, 덧없는 세월도 보이지 않는다. 그저 눈물 나도록 아름다운 풍경과 평화로운 고요만이 있을 뿐이었다. 문득 얼마 전에 읽은 백석의 시 구절이 생각났다. 흰 눈이 펄펄 내리는 날에 혼자 소주를 마시며 사랑하는 여자 나타샤와 산골 오두막집에서 살고 싶어 했던, 한 가난한 시인의 쓸쓸한 얼굴도 함께 떠올랐다.

나타샤를 사랑은 하고
눈은 푹푹 날리고
나는 혼자 쓸쓸히 앉아 소주를 마신다
소주를 마시며 생각한다
나타샤와 나는
눈이 푹푹 쌓이는 밤 흰 당나귀 타고
산골로 가자 출출이 우는 깊은 산골로 가 마가리에 살자

– 백석의 '나와 나타샤와 흰 당나귀' 일부

소백산 비로봉 정상이 가까워지자 매섭게 불어 대는 칼바람에 몹시 추웠다. 등산용 마스크를 써서 뺨과 코끝은 얼얼하진 않았지만 사진을 찍으려니 손이 매우 시렸다. 비로봉 정상으로 이르는 나무 계단 양옆으로 매어 둔 줄에는 하얀 눈이 그대로 얼어붙어 있었다. 손으로 툭 건드렸더니 매서운

하얀 눈이 소복소복 쌓인 소백산 비로봉

바람결에 푸시시 날아가 버린다.

비로봉 정상 위로 아스라한 하늘이 참으로 멋들어지게 보였다. 매서운 칼바람에 밀려가듯 하며 비로봉 정상에 이른 시간이 낮 2시 10분께. 정상에도 바람이 많이 불고 손이 너무 시려 도저히 오래 머물 수가 없었다. 나는 서둘러 단양읍 천동리 쪽으로 내려갔다. 조금 걸어가자 추위를 피할 수 있는 초소가 나와 거기로 들어갔다. 그곳에서 점심을 먹고 있는 등산객들이 많아 우리 일행 몇몇과 겨우 자리 잡고 도시락을 먹을 수 있었다.

그런데 누군가가 먹다 남은 쓰레기들을 그대로 수북하게 쌓아 놓고 가버려 우리의 눈살을 찌푸리게 했다. 산을 사랑하는 마음이 있다면 그렇게 내버리고 가지는 않았을 텐데 속상하기도 하고 부끄러운 마음도 들었다. 새해부터 전국 국립공원의 입장료 징수가 폐지된 만큼 산을 더욱 소중히 여기는 마음을 가져야 할 것 같다.

소백산에는 살아 천년, 죽어 천년이라는 주목朱木, 군락천연기념물 제244호이 제1연화봉1394m에서 비로봉 사이의 북서 사면해발 1200~1350m에 분포하고 있다. 소백산 주목들의 수령은 200~800년이고 평균 수령이 350년이라고 한다. 천동리로 내려가는 길에 눈을 하얗게 뒤집어쓴 채 우뚝 서 있던 주목이 아직도 잊히지 않는다. 나보다 훨씬 몇 곱절이나 더 오랜 세월을 잘 버텨온 그 나무 앞에서 어떤 말을 할 수 있을까. 수백 년 풍상의 흔적이 고스란히 남아 처연한 위엄이 서려 있는 그 나무 밑에서 나는 오래 머물고 싶었다.

그곳의 설경은 참으로 아름다웠다. 등산객들마다 환호성을 지르며 예쁜 풍경을 사진에 담기 바빴다. 거기서 자꾸 머무적거리고 있는 내게 일행들이 하산 시간에 맞춰야 한다고 어찌나 재촉하는지 할 수 없이 하얀 눈길을 따라 서둘러 내려갈 수밖에 없었다. 마산으로 돌아가는 길 내내 내 마음 속에는 눈이 펑펑 오는 마을에서 한번 살아 봤으면 하는 생각으로 가득 찼다.

천동리로 내려가는 길의 하얀 겨울 풍경

김용택 시인의 '눈 오는 집의 하루' 처럼 밥 먹고 마루에 나가 숟가락 들고 서서 눈 위에 눈이 오는 눈을 보다가 다시 방에 들어가 또 밥을 먹는, 그런 집에서 한번쯤 살고 싶다. _2007. 1. 11

■찾아가는 길
•서울 TG→신갈 J.C-영동고속도로 강릉 방향-만종 J.C→중앙고속도로 대구 방향→북단양 I.C 나와 우회전→매포읍(5번 국도)→단양읍→고수대교→영춘, 구인사 방향 좌회전→아평 삼거리서 소백산, 세밭계곡으로 우회전→어의곡 주차장→도보 이동 7분
•부산 I.C→경부고속도로→금호 J.C→중앙고속도로 춘천 방향→단양 I.C 나와 단양, 제천 방향 우회전→단양읍→고수대교→영춘, 구인사 방향으로 좌회전→아평 삼거리서 소백산, 세밭계곡으로 우회전→어의곡 주차장

눈꽃들은 이미 자취를 감췄지만...

전북 무주군 덕유산 산행

겨울에 내리는 하얀 눈은 팍팍한 일상에서 모처럼 맛볼 수 있는 달콤한 낭만 같은 것. 소복소복 쌓인 희디흰 눈밭을 걷게 되면 괜스레 내 마음이 설레 마치 아름다운 꿈길을 걷는 듯하다. 덕이 많고 너그러운 산이라 해서 이름 붙여진 무주 덕유산德裕山, 1614m. 그저 눈 내린 하얀 풍경이 그리워 나는 지난 25일 덕유산 산행을 떠나는 산악회를 무작정 따라나섰다. 아침 8시에 마산에서 출발한 우리 일행은 10시 20분께 안성 탐방지원센터전북 무주군 안성면에서 산행을 시작하였다.

마침 그 길을 가던 등산객이 우리 일행뿐이라서 그런지 한가한 느낌이 드는 산길이었다. 이따금 하얗게 눈 덮인 계곡의 녹아내린 얼음 밑으로 졸졸 흐르는 물소리가 정겹게 들렸다. 평화로운 고요가 깃든 포근한 산길을 걸으면 기분이 좋다. 자연이 주는 편안함밖에 아무런 생각이 없는 텅 빈 머릿속이 어쩐지 좋다. 말 없는 산이 보기에는 고요함을 깨는 사람들이 과연

흐느적거리듯 서 있는 고사목은 마치 고달프고 외로운 우리들 삶을 보는 것 같았다.

반가운 손님인지, 미운 불청객인지 모를 일이지만 말이다.

그런데 나뭇가지마다 하얗게 피어났을 아름다운 눈꽃들은 이미 자취를 감추어 버렸다. '더 일찍 올 걸' 하는 아쉬움만 들었다. 꽁꽁 얼어붙은 눈길이 때로는 불편했지만 하얀 눈길을 실컷 걸을 수 있다는 것 또한 하나의 축복이 아닐까. 긴 나무 계단을 오른 끝에 동엽령1320m에 이른 시간은 11시 50분께. 나는 동엽령에서 쉬지 않고 백암봉 송계삼거리를 향해 왼쪽으로 계속 걸어갔다. 미끄러운 눈길이 나오다 또 한동안 흙길이 나와 아이젠을 몇 번이나 신었다 벗었다 했다. 그러다 생각지 않은 곳에서 미끄러져 버려 엉덩방아를 두 번이나 찧었다.

차가운 바람에 자꾸 코가 홀짝거려지고 어이없이 두 번 넘어지면서 힘도 빠졌는지 갑자기 허기가 졌다. 낮 1시께에 도착한 백암봉 송계삼거리에서 좀 더 걸어가 혼자 자리 잡고 도시락을 꺼내 먹었다. 그곳에는 먼저 도착한 등산객들이 끼리끼리 모여 앉아 점심을 하고 있었다. 따뜻한 점심을 하며 잠시 휴식 시간을 가져서 그런지 힘이 나는 것 같아 서둘러 일어났다. 기다란 나무 계단을 따라 한참 올라가면 중봉1594m에 이르게 되고 중봉을 지나 향적봉 대피소로 가는 길에는 주목과 구상나무들을 볼 수 있었다.

살아 천년, 죽어 천년이라는 주목을 바라보면 오랜 세월을 굳건히 버텨 온 강인한 생명력이 느껴진다. 그런데 나뭇가지가 겨울바람에 흐느적거리는 듯 서 있는 외로운 고사목을 보자 왠지 눈물이 나려 했다. 마치 죽지 못해 사는 것 같은, 고달프고 서러운 우리들 삶을 엿보는 기분이라고나 할까. 낮 2시 10분께 덕유산의 주봉인 향적봉에 이르렀다. 향적봉 정상에는 많은 등산객들로 붐볐다. 나는 하산 시간 때문에 곧장 백련사전북 무주군 설천면 삼공리 쪽으로 내려갔다. 백련사 가는 길은 가파른 내리막에 쌓인 눈이 얼어붙어 몹시 미끄러웠다.

미끄러지지 않으려고 온몸에 힘을 주며 조심조심 내려가다 보니 백련사 가는 길이 참으로 먼 길처럼 여겨졌다. 그렇게 힘들게 1시간 남짓 걸었을까. 이제 백련사 가까이 왔다는 걸 말해주는 백련사 계단白蓮寺戒壇, 전북기념물 제42호이 나왔다. 계단戒壇은 불교의 계戒 의식을 행하는 곳으로 백련사 계단은 그 절의 번성기인 통일신라 시대에 만든 것으로 추정된다고 한다. 화강암질의 암석으로 단을 만들고 가운데에 종 모양의 탑을 세워 두었다.

거기서 10분을 채 못 가 백련사가 보였다. 하얗게 눈이 쌓인 백련사의 그림 같은 풍경에 나도 모르게 환호성이 터져 나왔다. 신라 신문왕 때 백련선사가 초암을 짓고 수도하던 곳에 흰 연꽃이 솟아 나와 세우게 되었다는 백련사白蓮寺. 구천동九千洞 골짜기의 14개 절 가운데 유일하게 남은 것이라 한다.

나는 백련사 경내로 들어서서 이리저리 거닐다 천왕문 아래에 있는 정관당부도靜觀堂浮屠, 전북유형문화재 제102호 앞에 섰다. 그것은 조선 중기의 승려인 정관당 일선선사의 사리탑이다. 일선선사는 전북 지역 내의 불교 보급에 큰 영향을 끼친 분으로 서산대사의 제자였다고 전해진다. 조선 광해군 원년1609에 세운 그 부도탑은 연꽃을 두른 원형의 받침돌 위로 길쭉한 종 모양의 탑신을 올린 간단한 형태이다. 그리고 맨 윗부분을 마치 팽이처럼 뾰족하게 다듬어 마무리한 것이 인상적이었다.

백련사 일주문 가까이에 있는 부도밭에는 매월당 설흔 스님의 부도전북유형문화재 제43호도 있다. 생육신의 한 사람으로 〈금오신화〉를 지었던 매월당 김시습의 부도로 알려지기도 했던 것으로 전체적으로 연꽃 장식 외에는 별다른 꾸밈이 없는 소박한 모습이었다.

나는 일주문을 지나 눈이 쌓인 하얀 길을 걸어갔다. 예쁜 경치에 흠뻑 빠

지며 한가한 걸음으로 가야 하는데 백련사에 오래 머물러 시간이 꽤 늦었
다. 할 수 없이 종종걸음을 치다 아차 하는 순간 쿵 하고 또 미끄러져 버렸
다. 비록 눈꽃 산행은 못했지만 마산으로 돌아가는 길 내내 마음이 가벼웠
다. 무엇보다 한동안 팍팍한 일상을 버텨 나갈 수 있는 새로운 힘을 얻게 되
어 편안한 기분마저 들었다. _2007. 1. 27

■찾아가는 길
•(서울)경부고속도로→대전-통영간고속도로→무주 I.C→19번 국도
•(부산)남해고속도로→대전-통영간고속도로→덕유산 I.C→19번 국도
•(광주)88올림픽고속도로→남장수 I.C→19번 국도 무주 방향→안성면 소재지

남덕유산 산행의 백미는 끝없는 철계단

　지난 6일 산을 좋아하는 친구들과 함께 함양 남덕유산1507m 산행을 떠났다. 남덕유산은 경상남도 함양군과 거창군, 그리고 전라북도 장수군에 걸쳐 있는 산으로 덕유산의 최고봉인 향적봉1614m에서 남쪽으로 15km 정도 떨어진 곳에 위치하고 있다. 오전 8시에 마산을 출발한 우리 일행은 10시 30분께 영각통제소경상남도 함양군 서상면 상남리를 지나면서 본격적인 산행을 시작했다.

　갑자기 포근한 겨울 날씨로 언 땅이 녹으면서 이따금 질퍽대는 길을 걷게 되어 불편하기도 했다. 그렇게 20분 남짓 걸었을까, 정겨운 다리가 나왔다. 그 규모가 크든 작든 한쪽과 다른 쪽을 잇는 다리는 내게 늘 아름다움으로 다가온다. 그런데 두 번째 다리를 건너 조금 더 걸어가자 지루한 너덜겅이다. 너덜겅은 돌이 많아 힘들기도 하지만 단조로워서 더 싫다. 그래서 머리를 텅 비우고 그냥 걷기만 했다. 간간이 응달에 남아 있는 하얀 눈에 눈길을 주며.

우리는 11시 40분께 능선 안부에 이르렀다. 그곳에서 적당한 자리를 잡고 도시락을 먹었다. 시원한 캔 맥주도 나누어 마시며 모처럼 이야기꽃을 피웠다. 맛있는 점심과 유쾌한 이야기로 생기를 되찾은 기분이었다. 우리는 자리를 털고 일어나 왼쪽으로 난 능선을 타고 천천히 걸어가기 시작했다.

걸은 지 10분도 채 되지 않아 첫 철계단이 나왔다. 누가 남덕유산 산행에서 가장 멋진 구간을 내게 물으면 기나긴 철계단 코스를 꼽고 싶다. 능선 안부에서 정상에 이르기까지 거의 1km나 되는 거리에 가파르고 험준한 등산길을 대신하는 철계단들을 설치해 둔 이곳은 누구든 산행의 묘미를 한껏 맛볼 수 있는 구간이다. 무려 시간이 30분이나 걸리던 그 기다란 철계단 코스가 지금도 인상 깊다. 끝이 없는 듯 계속 이어지는 철계단으로 기암괴석을 타고 오르는 스릴과 아울러 그곳의 탁 트인 조망을 한번 만끽해 본 사람은 아마 내 말에 고개를 끄덕일 것 같다.

마지막 철계단을 내려가 10분쯤 더 걸어 올라가면 남덕유산 정상이 나온다. 우리가 정상에 이른 시간이 낮 1시께. 정상에는 여러 산악회 사람들로 붐볐다. 산 정상에서는 힘든 산행을 도중에 포기하지 않고 어쨌든 해냈다는 기쁨 같은 게 느껴진다. 정상까지 그런대로 잘 버텨 온 자신에게 그저 흡족할 따름이다. 그리고 같이 올라간 친구들과 그 유쾌함을 함께하기에 더욱 의미가 있다.

우리는 거기서 장수 넉유산이라 부르는 서봉1492m으로 오른 뒤 다시 되돌아 하산하기로 했다. 서봉으로 가는 길에는 눈이 꽤 많이 쌓여 있어 우리는 미끄러지지 않게 아이젠을 신었다. 그래도 소복소복 쌓인 하얀 눈길을 한참 걷게 되어 얼마나 행복했던지 모른다. 하얗게 눈이 깔린 길을 50분 남짓

끝이 없는 듯 계속 이어지는 철계단들을 오르내리며 스릴을 즐길 수 있었다.

걸어가자 초록색 철계단이 있었다. 그 계단을 오르면 서봉 정상이 나온다. 거기서 동쪽으로 솟아 있는 봉우리는 남덕유산이다. 2시 10분께 우리는 서봉 정상에서 왔던 길로 다시 하산을 서둘렀다.

> 숲은 아름답고, 어둡고, 깊다.
> 하지만 난 지켜야 할 약속이 있고,
> 잠들기 전에 갈 길이 멀다,
> 잠들기 전에 갈 길이 멀다.
>
> – 로버트 프로스트의 '눈 오는 저녁 숲가에 서서_{장영희 번역}' 일부

　마산으로 돌아가는 길에 문득 로버트 프로스트의 시 '눈 오는 저녁 숲가에 서서Stopping by Woods on a Snowy Evening'가 떠올랐다. 나는 서울에서 대학을 다니던 시절 명동에 있던 가톨릭 기숙사에서 2년 동안 지낸 적이 있다. 그때 내 책상에 그 시를 적은 종이를 붙여 두었다. 해야 할 일들을 차일피일 미루며 게으름을 피울 때마다 시를 꽤 진지하게 읊곤 했다. 무엇보다 마지막 시구인 '잠들기 전에 갈 길이 멀다And miles to go before I sleep.'가 내 마음을 끌었던 것 같다. 나이가 들어 이따금 눈이 하얗게 쌓인 풍경을 바라보면 그 시를 외우던 젊은 시절의 내 모습이 아련히 떠오른다. _2007. 2. 7

■찾아가는 길
•(서울)경부고속도로→대전–통영간고속도로→서상 I.C
•(광주)88올림픽고속도로→대전–통영간고속도로→서상 I.C

선암사와 송광사를 품에 안은 조계산
천자암 곱향나무에서 선경을 보다

예전부터 조계산884m, 전남 순천시 산행을 한번 하고 싶었다. 어쩌면 16국사國 師를 배출한 승보사찰僧寶寺刹로 우리나라 삼대 사찰 가운데 하나인 송광사와 태고총림의 천년고찰인 선암사를 포근하게 품고 있는 산이기 때문에 더욱 그런 마음이 들었는지도 모른다. 마침 지난 12일 조계산 산행을 떠나는 산악회가 있어 나는 설레는 마음으로 따라나섰다. 오전 8시에 마산을 출발한 우리 일행은 10시 30분께 선암사전남 순천시 승주읍 죽학리 매표소를 거쳐서 산행을 시작했다.

태고총림太古叢林 선암사仙巖寺는 조계산 동쪽에 자리한 천년고찰이다. 백제 성왕 7년529에 아도화상이 조계산 중턱 비로암터에서 절을 세워 해천사海川寺라 불렀다 한다. 그 뒤에 통일신라시대의 승려인 도선국사가 지금의 가람 위치에서 다시 절을 세워 선암사로 이름 지었다고 전해진다.

부도밭을 지나 좀 더 걸어가자 승선교昇仙橋, 보물 제400호가 나왔다. 조선 숙종 39년1713 선암사의 호암스님이 착공을 한 지 6년 만에 완공한 돌다리이다. 길이는 14m이고 높이가 4.7m인 무지개다리로 그 뒤로 보이는 강선루와 어우러져 평화롭고 아늑한 정취를 자아내고 있었다. 옛날 승선교를 건너다니던 사람들은 다리 밑으로 흐르는 맑은 물을 내려다보며 삶의 온갖 번뇌와 고통을 씻었으리라. 시대를 건너뛰어 그 간절한 기도가 내게도 느껴지는 듯했다.

선암사 앞에는 신라 경문왕 2년862에 도선국사가 축조했다는 삼인당三印塘, 지방기념물 제46호이란 독특한 이름의 연못도 있다. 불교의 세 가지 근본 교의敎義인 무상인無常印, 무아인無我印, 열반인涅槃印을 뜻하는 삼법인三法印을 배경으로 만든 것으로 연못 안에 조그마한 섬을 만들어 놓았다.

그런데 산악회를 따라 산행에 나서면 대체로 출발지에 있는 절은 그냥 스쳐 지나간다. 어쩔 수 없이 나는 일행들과 떨어져 혼자 산행을 하며 그들을 따라잡을 생각으로 잠시 선암사에 들렀다. 여느 절과 달리 일주문이 눈에 띄지 않는 곳에 있었다. 대웅전보물 제1311호에서는 스님들이 예불을 드리는 소리가 흘러나오고 있었다. 대웅전 앞에 나란히 있는 삼층석탑보물 제395호의 동탑과 서탑이 그 엄숙함을 더해 주는 것 같았다.

지난해 선암사 사태에 관한 안타까운 보도를 접해서 그런지 절의 경내를 가득 채우고 있던 예불 소리가 도리어 내겐 큰 침묵으로 와 닿았다. 정확한 사연은 모르나 어떤 일이든 진실을 위해 필요한 진통은 겪을 수밖에 없을 것이다. 벌써 일행들보다 30분 정도 뒤처진 것 같아 서둘러 선암사에서 나와 대각암 쪽으로 걸어갔다.

그런데 얼마 가지 않아 내 눈길을 끄는 마애여래입상문화재자료 제157호이 있었다. 이미 늦어 버린 김에 보고 싶은 건 보고 가자 싶어 나는 암벽 쪽으로

뛰어갔다. 그 마애여래입상은 고려 시대의 것으로 추정된다고 쓰여져 있는
데 얼굴에 비해 귀가 큰 것이 인상적이다.

　조계산은 산세가 부드럽고 아늑해 푹신푹신한 흙길을 밟으며 한가한 산
행을 하기에 좋은 산이다. 오솔길 같이 포근하고 푸른 산죽이 많은 산길을
따라 계속 걸어가다 보니 어느덧 비로암을 지나 작은굴목재에 이르렀다.
거기서 장군봉884m으로 올라갈까 하다 맛있다고 소문난 보리밥집으로 내려
가기로 했다. 갑자기 산행 길에 그 지방의 별미를 맛보는 느긋함을 부리고
싶었다. 그 길에는 바닥의 돌멩이까지 환히 들여다보이는 티 없이 맑은 계
곡물이 흐르고 있어 내 마음마저 깨끗해지는 것 같았다.

　보리밥집에서 반갑게도 일행 몇몇과 만났다. 나도 5000원 하는 보리밥
한 그릇을 시켜서 후딱 먹었는데 조선간장으로 간을 했다는 호박탕의 독특
한 맛이 기억에 남는다. 밥장사를 한 지 20년이 훨씬 넘었다는 주인 아줌마
에게 맛의 비결을 물었더니 무조건 호박을 많이 넣으면 된다고 일러 주었
다.

　보리밥집에서 나와 일행들과 같이 송광굴목재에 이른 시간이 낮 1시 10
분께. 그곳 표지판을 보니 거기서 35분 정도 가면 송광사의 암자인 천자암
에 갈 수 있다고 되어 있었다. 나는 천자암 곱향나무천연기념물 제88호를 꼭 보고
싶어 일행 한 분과 같이 갔다.

　엿가락처럼 비비 꼬인 듯한 천자암 곱향나무는 수령이 700년이 되었다
한다. 그 나무를 가만히 올려다보면 그저 아름답다는 차원을 넘어 선경仙境
에 이른 기분이 든다. 그러니 조계산에 천자암을 짓고 수도하던 보조국사
가 중국에서 돌아올 때 짚고 온 지팡이를 나란히 꽂아 놓자 뿌리가 내려 자
랐다는 전설이 전해질 수밖에 없으리라.

천자암 곱향나무(천연기념물 제88호). 수령이 700년이라고 한다.

천자암에서 송광사로 가는 길은 사랑하는 사람과 함께 걷고 싶은 길이었다. 그 예쁜 길을 따라 송광사에 도착한 시간이 낮 3시께. 지난해에 이어 두 번째로 찾은 송광사다. 깊은 고요 속에 말할 수 없는 충만함이 느껴지는 절이다. 나는 대웅보전 계단 밑에 앉아 있는 네 마리 돌사자들의 얼굴을 들여다보기도 하고 해우소解憂所에 들러 근심을 풀기도 했다. 그리고 살얼음이 낀 연못에 드문드문 놓여 있는 징검다리에 서서 예쁜 홍교와 우화각을 한참이나 바라보았다.

백화점 마네킹 앞모습이 화려하다
저 모습 뒤편에는
무수한 시침이 꽂혀 있을 것이다

뒤편이 없다면 생의 곡선도 없을 것이다

– 천양희의 '뒤편' 일부

나는 마산으로 돌아가는 길에 문득 천양희의 시 '뒤편'을 떠올렸다. 아름다운 삶에는 늘 고통스런 뒤편이 있다는 것을 생각하며 말이다. _2007. 1.14

■찾아가는 길
•(시내버스) 순천역–선암사(1번) 5:50 ~22:30, 30분 간격 운행 ※순천교통 061-753-6267
•고속도로(호남, 남해)→승주 I.C→857번 지방도→죽학 삼거리 →선암사

눈 내린 하얀 풍경 속으로 미끄러져 들어가다
경북 구미시 금오산에 오르다

요즈음 부쩍 까칠까칠해진 내 손등과 발꿈치에서 황량한 겨울을 본다. 가까운 친구와 한참 수다를 떨다 집으로 돌아가는 밤길이 더욱더 쓸쓸한 것도 아마 매운 겨울 추위 탓일 거다. 하루하루 씩씩하게 살다가도 스산한 겨울바람에 괜스레 마음이 울적해져 그대로 털썩 주저앉아 버리고 싶은 삶이다. 그래, 떠나자. 삶의 유쾌함을 맛볼 수 있다면 어디라도 가자.

지난 11일 산악회를 따라 그렇게 훌쩍 떠난 금오산976m,경북 구미시 산행. 금오산金烏山엔 신라에 불교를 처음 전한 아도화상에 얽힌 이야기가 전해져 내려온다. 아도화상이 이곳을 지나다 황금빛 까마귀가 저녁노을 속으로 날아가는 것을 보고 그 이름을 지었다는 거다. 우리 일행은 오전 9시 40분께 금오산도립공원 주차장을 기점으로 산행을 시작했다. 새가 날갯짓을 하면서 넓은 하늘을 날아오를 때는 어떤 기분일까. 팍팍한 일상에서 벗어나 기분 좋은 산행을 시작하는 내 마음이 어쩌면 그 자유로움과 같지 않을까.

금오산 매표소에서 등산로를 따라 20분쯤 가면 금오산성_{지방기념물 제67호}의 대혜문이 나온다. 금오산성은 내성_{內城}과 외성의 이중 구조로 축조한 산성이다. 규모는 외성의 길이가 약 3700m이고 내성은 2700m 정도이다. 왜구가 노략질을 일삼으며 극성을 부리던 고려 말에 주변 지역에서 살던 백성들이 금오산성으로 들어가 그들의 침입을 막아 냈다고 한다.

떨어지는 물소리가 금오산을 쾅쾅 울릴 정도로 우렁차다는 대혜폭포도 매서운 추위에 그대로 꽁꽁 얼어붙어 있었다. 높이가 27m에 이르는 대혜폭포는 마치 거대한 고드름처럼 길게 매달린 채 소리 없이 우리를 맞았다. 이따금 깊은 침묵이 더 많은 것을 말하고 있다는 생각이 든다. 사내아이들이 어디서 주웠는지 장난감 칼 모양의 고드름을 손에 쥐고 놀았다. 아이들의 생각이 얼마나 기발한지 깜짝깜짝 놀랄 때가 많다.

금오산 등산로는 오르막으로 계속 이어져 있었다. 그래서 이름도 재미있는 할딱고개에 이르면 등산객들은 잠시 발을 멈추고 숨을 돌린다. 할딱할딱하던 나도 할딱고개에서 가쁜 숨을 가라앉히며 눈이 하얗게 쌓인 금오산의 아름다운 풍경에 빠져 들었다. 산에는 한차례 쏟아져 내린 눈이 오래 머물다 간다. 금오산 군데군데 눈이 펄펄 내린 하얀 흔적이 남아 있었다. 두 발이 폭폭 빠지도록 하얀 눈이 수북이 쌓여 있는 그림 같은 풍경이야말로 자연이 우리에게 준 아름다운 선물이 아닐까.

　　우리가 눈발이라면
　　허공에서 쭈빗쭈빗 흩날리는
　　진눈깨비는 되지 말자
　　세상이 바람 불고 춥고 어둡다 해도
　　사람이 사는 마을

가장 낮은 곳으로
따뜻한 함박눈이 되어 내리자

　　－안도현의 '우리가 눈발이라면' 일부

　금오산 정상은 좁아서 등산객들로 꽉 찬 느낌이었다. 게다가 바람이 어찌나 맵던지 점점 손이 시려 왔다. 우리 일행은 금오정으로 계속 더 걸어가 점심을 먹기로 해서 서둘러 내려갔다. 나는 쌓인 눈이 얼어붙은 미끄러운 길이 참 힘들었다. 집에 두고 온 등산용 스틱이 언뜻언뜻 떠올랐다. 엉금엉금 기듯이 천천히 내려가다 보니 그만 일행과 떨어져 버렸다. 사방을 둘러보아도 아무도 없었다. 한순간 세상의 모든 소리가 다 멈춘 듯한 깊은 고요 속에 홀로 있었다. 하얀 눈을 이불 삼은 금오산의 고요함이 오히려 내게 따뜻하고 행복한 느낌을 안겨 주었다.
　나무에, 바위에 남아 있는 하얀 흔적은 자연의 아름다운 뒷모습이기도 하다. 문득 나는 사진작가 에두아르 부바의 사진에 미셸 투르니에가 독특한 시각으로 글을 붙인 〈뒷모습〉이란 책이 떠올랐다. 뒷모습은 얼굴에 드러내는 표정처럼 억지로 꾸미거나 속이거나 감추려 하지 않는다. 그래서 뒷모습은 거짓말을 하지 않는다. 등을 돌리고 가는 사람의 뒷모습에서 다시 돌아오지 않을 지도 모르는 어떤 쓸쓸함이 느껴진다. 그러나 아이를 등에 업은 어머니의 뒷모습은 더없이 너그럽고 포근해 마냥 그립다.
　나는 차가운 바람에 손이 꽁꽁 얼어 밥이 어디로 들어가는 지도 모를 정도로 정신없이 먹었다. 날씨가 너무 추워 우리 일행은 칼다봉으로 이어지는 능선을 타고 하산을 서둘렀다. 군데군데 얼어붙은 미끄러운 눈길이 아니라면 참으로 운치가 있는 능선 길이었다. 산행을 시작한 곳으로 다시 돌아오니 낮 2시가 조금 넘었다.

눈 내린 하얀 풍경을 내 가슴에 담고 온 금오산 산행. 먼 훗날 가까이 지낸 사람들에게 나는 어떤 삶의 흔적을 남기고 떠나게 될는지. 따뜻하고 너그러운 뒷모습을 지닌 좋은 친구로 그들의 기억 속에 오래 남았으면 싶다.

_2005. 12. 14

■찾아가는 길
●경부고속도로→ 구미 I.C→ 33번 국도→금오산 사거라→ 금오산도립공원

2부_ 국내 여행

차창 너머 온 세상을 하얗게 덧칠하고 있는 눈발을 바라보며 나는 아름다운

동화속의 도시로 빨려 들어가는 듯한 환상에 사로잡혔다.

쓸쓸한 겨울에 하얀 발 내밀고 조용히 내려앉는 첫눈은 메마른 마음밭에

갑자기 찾아든 사랑 같은 것. 그래서 첫눈 오는 날 끝없는 눈길을

함께 걷고 싶은 사람이 바로 곁에 있다면 그는 분명 행복한 사람일 것이다.

고요한 산사에서 꿈꾸듯 첫눈을 맞다
전남 순천시 승보종찰 송광사

춥고 을씨년스러운 겨울이 싫어 한동안 익숙하여 편안하기까지 한 일상에 묻혀 하루하루를 보냈던 것 같다. 그런데 이젠 지독한 우울이 스멀스멀 내 가슴속으로 파고드는 게 아닌가. 그래서 지난 17일 아침 전라남도 순천시에 개인적인 일이 있는 친구를 무작정 따라나섰다. 내가 사는 마산에서 두 시간 남짓 걸려 도착한 순천. 마치 눈 오는 마을 풍경을 담은 예쁜 크리스마스 카드를 보는 것 같은 설렘을 주었다.

차창 너머 온 세상을 하얗게 덧칠하고 있는 눈발을 바라보며 나는 아름다운 동화 속의 도시로 빨려 들어가는 듯한 환상에 사로잡혔다. 쓸쓸한 겨울에 하얀 발 내밀고 조용히 내려앉는 첫눈은 메마른 마음밭에 갑자기 찾아드는 사랑 같은 것. 그래서 첫눈 오는 날 끝없는 눈길을 함께 걷고 싶은 사람이 바로 곁에 있다면 그는 분명 행복한 사람일 것이다. 그날 마산에 그대로 눌러앉아 있었다면 아예 기대조차 할 수 없었던 이른 첫눈. 나는 그렇게 꿈꾸듯 아름다운 첫눈을 맞았다!

우리는 조계산 자락에 아늑하게 자리 잡고 있는 송광사전남 순천시 송광면 신평
리를 찾았다. 송광사는 16국사國師를 배출한 승보사찰僧寶寺刹로 우리나라 삼
대 사찰 가운데 하나이다. 불교에서는 불佛, 법法과 승僧을 가리켜 삼보三寶라
고 하는데 송광사는 경남 양산 통도사佛寶, 합천 해인사法寶와 함께 우리나라
의 삼보사찰로 불리어진다.

송광사松廣寺는 신라 말 혜린선사가 세웠는데 창건 당시의 이름은 송광산
길상사吉祥寺였다. 그런데 그 절이 한국불교의 중심으로 자리 잡게 된 것은
타락한 고려 불교를 바로잡기 위해 정혜결사定慧結社를 벌였던 보조국사 지
눌이 그곳으로 오면서부터였다 한다.

눈발이 흩날리는 송광사 일주문을 지나자 삼청교능허교라 부르는 예쁜 홍
교가 나왔다. 절의 경내로 이어지는 그 다리 위에는 몸과 마음을 깃털처럼
가볍게 하여 부처님의 이상 세계로 가자는 의미에서 우화각羽化閣이 세워져
있다. 나는 삼청교와 우화각의 아름다운 경치에 취해 연못에 드문드문 놓
인 징검다리에 서서 한참이나 쳐다보았다. 그리고 그 무지개다리를 건너
범종, 법고와 목어 등이 있는 종고루에 기대서서 눈 내리는 대웅보전의 장
엄한 풍경에 그만 푹 빠져들었다.

성보박물관 앞 목백일홍에도 눈꽃이 눈부시게 내려앉았다. 태풍으로 쓰
러졌던 싸리나무를 가공하여 만든 비사리 구시에도 하얀 눈송이가 슬며시
내렸다. 비사리 구시는 조선 영조 이후 국재를 모실 때 절로 모여든 사람들
을 위해 밥을 저장했던 나무통으로 대략 7가마 분량의 밥을 저장했다고 한
다.

나는 큰 절에 가면 해우소解憂所에 가 보고 싶은 생각이 든다. 근심을 푸는
곳이니 그런 마음이 생기는 것도 어쩌면 당연한 게 아닐까. 꽤 운치가 있는

순천 송광사 대웅보전과 하얀 눈꽃이 내려앉은 목백일홍

다리를 건너 해우소로 들어가는 기분 또한 왜 그리 상쾌한지 말이다. 나는 해우소에 쭈그리고 앉아 차가운 바람에 실려 나무 창살 사이로 떨어져 내리는 작은 눈송이에도 그저 감탄만 했다.

우리는 송광사 뒤로 해서 눈에 묻힌 산길을 걸어갔다. 너무도 아름다우면 왜 눈물이 나는 건지 나무들마다 눈꽃이 곱게 내린 그 길에서 그만 내 눈에 이슬이 고였다. 나는 첫눈이 펑펑 쏟아지는 날 혼자서 걷기엔 너무 외로운 끝없는 길을 친구와 함께 걸었던 송광사의 하얀 추억을 오랫동안 잊지 못할 것 같다. _2006. 12. 20

■찾아가는 길
•(시내버스) 순천역―송광사(111번) 6:00~20:40, 30분 간격 운행 ※순천교통 061-753-6267
•호남고속도로 송광사 I.C→벌교 방면 27번 국도→신평 삼거리서 좌회전→834번 지방도→송광사

셋이서 다시 청송 나들이를 한 이유는?
경북 주왕산 국립공원, 달기 약수터와 마당 많은 송소고택에 가다

　　지난 28일 나는 가깝게 지내는 콩이 엄마, 나이가 지긋해도 마음은 늘 청춘인 김호부선생님과 같이 경상북도 청송 나들이를 했다. 올 겨울에 이어 두 번째 청송 나들이인 셈인데, 연분홍 수달래가 화사하게 피어날 때 청송에 다시 가자던 콩이 엄마와의 약속을 지키고 싶어서였다. 김해에서 차를 몰고 온 콩이 엄마와 서마산 I.C에서 만난 시간이 오전 8시께. 서서히 마산을 벗어나 고속도로를 신나게 달리면서 내 마음도 팍팍한 일상에서 점차 멀어져 갔다. 짙은 초록색과 연초록색이 함께 어우러진 산들의 풍경이 무척 싱그러웠다. 이따금 하얗게 색칠을 해 놓은 듯한 산벚나무도 눈길을 끌었다.

　　마치 때늦은 함박눈이 내린 것 같은 배밭 풍경 또한 몹시 마음을 설레게 했다. 봄볕에 반짝이는 흰 배꽃들이 차창 밖으로 스쳐 지나가면 꾸밈이 없는 순박한 소녀들이 하얀 이를 드러낸 채 까르르 웃는 듯했다. 우리는 거대

주왕산 제1폭포 부근의 거대한 기암절벽은 한순간 숨이 막히는 듯한 감동을 준다.

한 안동 임하댐을 지나 11시 50분께 주왕산 국립공원경북 청송군 부동면 상의리 상
의주차장에 도착했다.

　겨울에 갔던 음식점에 들러 순두부찌개로 일단 허기를 채우고 주왕산에
자리 잡은 대전사大典寺로 갔다. 주왕산을 찾은 사람이라면 누구든 기암旗岩
의 아름다움을 두고두고 잊지 못할 것이다. 특히 대전사 보광전경북유형문화재
제202호 뒤로 우뚝 솟아 있는 기암의 모습은 더욱 신비하고 경이로운 느낌마
저 준다. 대전사에서는 그날 저녁 7시부터 제22회 주왕산 수달래축제 전야
제 행사로 산사음악회가 열릴 예정이라 준비가 한창이었다.

　우리는 주방천을 핏빛으로 물들이는 수달래를 기대하며 대전사에서 나
왔다. 당나라 병사들에게 크게 패해 주왕산까지 쫓겨 와 숨어 지내던 주도周
鍍가 후주천왕後周天王의 야망을 결국 못 이루고 신라왕이 보낸 마장군의 화
살에 맞아 주왕굴에서 숨을 거둘 때 흘렸던 피가 주방천을 붉게 물들였다
한다. 그 이듬해 주방천 물가에 지금까지 보지 못한 수달래가 피어나자 사
람들이 그 수달래를 주왕의 넋으로 여겼다.

　그런데 아직 수달래가 흐드러지게 피지 않은 데다 수달래 군락지가 자연
휴식년제 시행으로 2015년까지 출입제한구역으로 묶여 가까이에서 볼 수
없었다. 얼마나 아쉬웠던지 나는 볼멘소리로 여름 땡볕 못지않게 따갑게
내리쬐던 햇볕 탓만 자꾸 했다. 그래도 떡을 찌는 시루 같기도 하고 다른 방
향에서 보면 사람의 얼굴처럼 친근하게 느껴지는 시루봉, 한순간 숨이 막
히는 듯한 감동을 주는 웅장한 기암절벽과 아름다운 제1폭포를 지나가면서
마음이 점점 누그러졌다.

　그리고 경치가 빼어난 제3폭포를 보고 나서 주왕의 넋을 달래 주기 위해
지은 주왕암으로 갔다. 주왕암은 한창 공사중이라 어수선했지만 어여쁜 황

매화가 우리를 반갑게 맞아 주었다. 안쪽으로 나 있는 기다란 철계단을 따라 가면 협곡 암벽에 자연 동굴인 주왕굴이 나온다. 그곳에 숨어 지내던 주왕이 굴 입구에 떨어지는 물로 세수를 하다 마장군의 군사에게 발각이 되었다고 적혀 있다.

콩이 엄마와 나는 갈증이 나서 주왕굴 입구에 떨어지는 물을 받아 마셨는데 물맛이 꽤 좋았다. 게다가 크기는 비록 작지만 예쁜 무지개도 걸려 있었다. 무지개는 늘 아름다운 꿈처럼 다가와 우리들의 마음을 기쁘게 한다. 그래서 영롱한 무지개를 보는 날이면 괜스레 좋은 일이 꼭 생길 것만 같다.

우리는 탄산, 철 성분 등이 함유되어 위장병과 피부병에 효능이 있다는 달기약수터_{청송군 청송읍 부곡리}를 찾았다. 달기약수를 마시면 트림이 나면서 속이 편안하고 그 물로 짓는 밥맛 또한 일품이라고 한다. 그런데 달기약수를 마셔 본 적이 있는 콩이 엄마의 표현에 의하면 녹슨 못을 30분 정도 담가 두었다가 마시는 기분이라고 하더니 정말이지, 그런 맛이 났다. 그래도 몸에 좋다고 해서 눈 질끈 감고 한 바가지 꿀꺽 마셨다.

덕천동 심부자댁인 송소고택_{경북민속자료 제63호, 청송군 파천면 덕천리}에도 잠시 들러 마산으로 가기로 했다. 조선 영조 때 만석꾼인 심처대의 7대손인 송소_{松韶} 심호택_{沈琥澤}이 1880년_{고종 17}경에 세웠다는 송소고택은 그 당시 집 규모가 아흔아홉 칸이었다 한다.

그 옛집에는 대문채, 큰 사랑채, 작은 사랑채, 안채와 별당이 있고 건물마다 독립된 마당을 갖추고 있는 게 흥미로웠다. 그리고 꽃밭에 피어 있던 단아한 붓꽃, 마당에 드러누워 한가로운 낮잠을 즐기고 있던 삽살개와 송소고택 부근에 살던 할머니 집의 하얀 꽃사과나무가 지금도 기억에 남는다.

우리는 마산으로 가는 길에 콩이 엄마 가족이 청송에서 지내던 시절에

대전사 보광전 뒤로 신비스러운 기암이 우뚝 솟아 있다.

살았던 아파트 단지도 한번 들러 보기로 했다. 그곳에 서양수수꽃다리 꽃이 예쁘게 피어 있어 살포시 눈을 감고 상큼한 향기를 깊이 들이마셨다. 살랑거리는 봄바람에 은은하게 흩날리는 서양수수꽃다리 꽃 향기에 나는 잠시 행복했다.

햇볕이란 놈이 살금살금 왔다가
그냥 가버렸다
잡아서 묶어 놓을 새도 없이

가버렸다

뒤를 이어 어둠이 어둠이
강물처럼 밀려들었다

나를 흠뻑 적신 어둠이
이 밤만이라도
서로 동무 삼자고 했다

-정규화의 '동무' 일부

우리들 삶은 외롭다. 그래서 이따금 짧은 여행길을 나서면서 함께 떠날 수 있는 친구가 있다는 게 무척이나 기쁘다. 어둠이 곱게 내린 길을 끝없이 달리며 나이를 떠나 서로 친구가 되었음에 우리 모두 행복해 했다. _2007. 5. 1

■찾아가는 길
●서울→영동고속도로→중앙고속도로→서안동 I.C→안동대 방향(34번 국도)→길안→청송(914번 지방도)→주왕산국립공원 상의주차장
●대전→김천→중부내륙고속도로→상주→북상주→안동→서안동 I.C→안동대 방향(34번 국도)→길안(914번 지방도)→청송→주왕산국립공원 상의주차장
●전주→대구→중앙고속도로→의성 I.C→길안(914번 국도)→청송→주왕산국립공원 상의주차장

사람들의 흔적 찾아 떠난 남해 여행

경남 남해군 가천마을, 바람흔적미술관, 나비생태관

나는 지난 19일 지긋한 나이에도 마음은 늘 청춘인 김호부 선생님, 내가 근무하는 중학교에서 영어 회화를 가르치는 원어민 교사 케빈Kevin, 김해에 사는 콩이 엄마와 함께 남해 나들이를 했다. 그날은 우리나라 대통령을 뽑는 날로 내겐 마치 하루를 덤으로 얻은 휴일 같았다. 최종진 시인의 '대통령'에 나오는 시구詩句처럼 자전거 꽁무니에 막걸리통 매달고 시골 사는 시인 친구 찾아가는, 그런 대통령을 그리면서 한 표를 행사한 뒤 약속 장소인 남해고속도로 서마산 I.C 입구로 갔다.

오전 9시 20분께 마산에서 출발한 우리 일행은 아름다운 현수교인 남해대교를 지나서 11시 20분께 남해 가천 다랭이마을경남 남해군 남면 홍현리에 도착했다. 남면 평산마을에서 그곳 가천마을을 거치는 15km 정도의 남면 해안도로는 드라이브 코스로 사랑을 받고 있는데, 겨울 햇살이 쏟아져 내리는 쪽빛 바다가 꿈꾸듯 누워 있었다. 그리고 군데군데 가천 해안 갯바위에 서서 낚싯대를 드리우고 있는 낚시꾼들의 모습 또한 한가롭기 그지없다.

가천마을은 옛날에는 간천間川이라 부르다 조선 중엽에 이르러 가천加川으로 바뀌었다. 지난 2005년에 명승 제15호로 지정된 그곳 다랑논을 바라보면 한 뼘이라도 농토를 더 넓히려 했던 옛사람들의 고달픈 마음과 억척스러움이 느껴진다. 그들은 가파른 산비탈을 깎아 석축을 쌓고 계단식으로 100여 층의 구불구불한 다랑논을 만들어 마늘과 벼를 심었다.

우리는 차를 세워 두고 가천마을로 내려갔다. 얼마 가지 않아 조선 영조 27년1751에 남해 현령 조광진의 꿈에 나타난 노인의 계시에 의해 발견된 한 쌍의 암수바위민속자료 제13호를 볼 수 있었다. 만삭이 된 여인이 비스듬히 누워 있는 듯한 바위를 암미륵, 높이가 5.8m, 둘레가 2.5m 크기로 남성의 생식기 형상으로 서 있는 바위를 숫미륵이라 부르며 해마다 음력 10월 23일이 되면 거기서 풍요와 다산多産을 비는 마을 제사를 지낸다고 한다.

마을의 수호신으로서, 또 미륵불로서 자리 잡은 암수바위 앞에 엎드려 얼마나 많은 여인들이 옥동자를 얻으려고 지극 정성으로 빌었을까. 척박하고 비탈진 땅을 열심히 일군 옛사람들의 노고만큼이나 그 눈물 어린 소망이 내 가슴속으로 파고들었다.

해마다 음력 10월 15일에 마을 주민들이 모여 동제洞祭를 지내는 밥무덤 또한 인상적이었다. 마을에서 가장 정갈한 사람을 제주祭主로 정해 마을 뒷산의 깨끗한 황토를 밥무덤의 기존 황토와 바꾸어 넣고 햇곡식, 과일, 생선 등으로 상을 차려서 풍농과 마을의 안녕을 비는 제를 올린 뒤 젯밥은 한지에 싸서 밥무덤에 묻어 두었다.

마침 마을 회관에서 나오던 친절한 할머니가 권수경 감독의 〈맨발의 기봉이2006〉를 촬영한 집을 가리켜 주었다. 달음박질치듯 신나게 갔는데 폐가나 다를 바 없을 정도로 너저분한 광경에 실망하기도 했다.

미륵불이라 불리어지는 암수바위의 숫미륵

우리는 마산에서 출발할 때부터 가천마을에서 오르는 설흘산481m 산행을
마음먹고 있었다. 그런데 입산 금지 기간이라 어쩔 수 없이 산행 계획을 취
소하고 참게 양식장이 있는 둑에 앉아서 김밥과 라면으로 점심을 했다. 바
람이 꽤 차가웠지만 소풍 나온 기분이 들어 참 좋았다.

우리는 바람흔적 미술관남해군 삼동면 봉화리으로 향해 달리기 시작했다. 무인
공간과 무료 전시실로 신선한 충격을 주었던 합천 바람흔적 미술관을 처음
만든 최영호씨가 남해로 옮겨 와 새로 꾸민 이색적인 미술관이다. 올 5월에
손수 차를 끓여 마시고 차 값도 알아서 함지박에 넣는 즐거움을 은근히 기
대하고 합천 바람흔적 미술관을 찾았는데 운영 방식이 바뀌어 적이 당황했
던 기억이 난다. 얼마 전 그곳을 처음 열었던 사람이 지금 남해에서 바람흔
적 미술관을 하고 있다는 말을 우연히 듣고 꼭 가 보고 싶었다.

남해 바람흔적 미술관은 바람의 흔적 따라 바람개비가 빙빙 돌아가면서
차임벨이 울리는 이색적인 미술관이다. 음계에 맞춰 바람개비마다 하나의
음흡을 조율해 놓아 바람이 부는 흔적 따라 하나의 음악이 탄생된다. 사람
과 바람과 바람개비의 약속에 의해 소리가 창조되고 바람개비는 그 소리를
내는 악기인 셈이다.

무심코 던진 주인이란 표현을 굳이 고쳐 주고, 디지털 카메라를 들이대
고 얼굴을 찍는 것을 꺼리던 최영호씨. 머리카락이 흔들릴 정도의 바람이
스쳐 지나가면 '솔, 레, 도'의 음이 울리고 계절마다, 달마다 바람개비 소리
가 다르게 들려온다는 그의 설명을 들으면서 그곳을 찾는 사람이라면 누구
에게나 열려 있는 공간으로 다가서는 신선한 미술관으로 남아 있는 이유를
알 것 같았다.

시간이 꽤 늦었지만 그 부근에 있는 나비생태관에도 잠시 들렀다. 나불

나불 나는 모습에서 이름을 얻었다는 나비. 섭씨 25~27도의 적절한 온도
가 유지되어야 하고 햇빛이 없으면 잎사귀 뒤에 숨어 날아다니지 않는다
한다. 우리는 나비 온실의 갈대에서 극남노랑나비가 잠자고 있는 모습 등
을 구경하고 체험학습실로 내려가 알, 애벌레, 번데기, 어른벌레의 시기를
거쳐 한 마리의 예쁜 나비로 탄생하기까지 마치 아이 돌보듯 정성을 쏟고
있던 신윤석씨를 만났다.

애벌레 한 마리를 다룰 때 50~100 마리의 나비를 보는 듯 한다는 그는
팔순이 되어 가는 나이인데도 지난해 3월부터 아예 그곳에서 자면서 일을
돕고 있었다. "알에서부터 시작하여 40일 정도 지나면 나비로 탄생하는데,
나비의 수명이 3~4주밖에 되지 않아 늘 안타깝다"는 그는 암끝검은표범나
비의 번데기들을 우리에게 보여 주었다. 암끝검은표범나비의 번데기는 짙
은 갈색으로 가장자리 쪽에 은색 점무늬가 보석처럼 있고 가시 모양의 돌
기가 나 있어 실에 그대로 붙어 있는 모습이 신기했다.

사람들이 살아가는 방식이 저마다 다른 것 같다. 아름다운 창선 · 삼천포
대교를 거쳐 마산으로 돌아가는 길 내내 나비는 알에서 나와 혼자 힘으로
살아가야 한다는 그의 말이 내 머릿속에서 떠나지 않았다. _2007. 12. 23

■찾아가는 길
•사천 I.C→사천→창선 · 삼천포대교→지족리→앵강고개 19번 국도→앵강고개 1024번 지방도로
→월포 두곡 해수욕장→석교마을 농로 지나 좌회전→청소년 수련원→해안도로→다랭이마을 도착
•남해고속도로 진교 I.C→(15분 소요) 남해대교→다랭이마을

남해 금산 쌍홍문이 좋아지는 까닭

경남 남해군 금산, 독일마을, 해오름 예술촌

지난 6일 유치원에서 놀이 수학을 가르치는 조수미씨와 단둘이서 남해 나들이를 했다. 우리는 오전 8시 30분께 남해고속도로 서마산 I.C 입구에서 만나 진교 I.C를 거쳐 아름다운 현수교인 남해대교를 달렸다. 나는 남해군이라 하면 대학 시절의 추억이 어린 남해대교가 늘 생각난다. 상주해수욕장에 가고 싶어 어렵게 아버지의 허락을 받아 내고 고향 친구들과 그 당시 명물인 남해대교를 걸으면서 마냥 좋아라 했던 풋풋한 여대생의 내 모습이 그립기 때문이다.

우리는 한려해상국립공원금산지구 복곡주차장에 차를 주차해 놓고 근처 식당에 들어가 산채비빔밥으로 허기를 채웠다. 그곳에서 내려다보이는 저수지 풍경이 잔잔하고 아늑했다. 금산681m, 경남 남해군 상주면 산행을 하고자 한다면 상주해수욕장 쪽에서 등산로를 따라 올라가는 것이 훨씬 나을 듯하다. 복곡주차장을 이용하는 사람들 대부분은 편도 요금을 내고 셔틀버스를 타고 올라간다. 10분 정도 지나면 보리암 매표소에서 내리는데, 거기서 15분 남짓 걸어가면 보리암에 이르게 된다.

금산錦山이란 이름에는 조선 왕조를 세운 이성계에 얽힌 재미있는 이야기가 전해지고 있다. 금산의 본디 이름은 보광산이었다. 그런데 그곳에서 백일기도를 올린 끝에 자신의 뜻대로 조선을 건국한 이성계가 그 영험에 보답하는 마음으로 산 전체를 비단으로 덮겠다고 말한 것에서 비단 금錦자를 써서 금산이라 부르게 되었다는 거다.

쪽빛 바다, 기암절벽과 어우러진 보리암에 도착한 시간은 낮 12시 30분께. 우리나라 3대 관음 기도처의 하나로 불리는 보리암은 금산에서 가장 높은 봉우리인 망대 정상 가까이에 자리 잡고 있다. 우리는 해수관음보살상과 보리암전 삼층석탑경남유형문화재 제74호이 있는 탑대로 갔다. 보리암전 삼층석탑은 김수로왕의 비 허태후가 인도 월지국에서 가져온 불사리佛舍利를 원효대사가 그곳에 모셔 세웠다는 전설이 있지만 고려 시대의 탑으로 추정되고 있다. 여느 삼층석탑에 비해 키가 작고 몸집도 작아 보였지만 친근한 느낌이 들었다.

쌍홍문雙虹門을 보지 않으면 금산에 갔다고 말할 수 없으리라. 고운 쌍무지개를 뜻하는 이름이지만 첫인상은 해골을 보는 것 같은 기괴한 모습에, 침울하면서 그로테스크한 분위기였다. 그런데 그곳에 들어앉아 있으면 어찌나 시원한지 신선이 된 기분이다. 게다가 쌍홍문 안의 돌계단은 사람들의 모험심을 자극하는 듯한 비밀스러운 느낌을 주어 우리들의 마음을 즐겁게 했다.

그리고 쌍홍문 안벽에는 구멍 세 개가 나란히 뚫려 있는데, 누구든 돌멩이를 구멍마다 던져 한번에 다 넣게 되면 소원이 이루어진다고 한다. 지루

금산 쌍홍문

한 일상의 유쾌한 유머처럼 재미있는 발상이다. 못 넣어도 친구들끼리 한 바탕 까르르 웃을 수 있으니 얼마나 좋은가.

남해 금산에는 쌍홍문을 지키는 수문장 역할을 하는 장군암, 동서남북에 흩어져 있던 네 신선이 모여서 놀았다는 사선대, 불법佛法을 지키는 제석천帝釋天이 내려와 놀다 갔다는 제석봉, 가까이에서 보면 일자형日字形이고 멀리서 보면 월자형月字形인 일월봉 등 기기묘묘하게 생긴 바위들이 많다.

오후 3시 40분께 금산 정상에 있는 봉수대경남기념물 제87호에 이르렀다. 남해안으로 침입하는 왜구를 막기 위한 군사 통신 시설의 하나로 낮에는 연기로, 밤에는 횃불로 신호를 보내던 곳이다. 고려 명종 때 축조된 것으로 비교적 원래 모습이 잘 보존되어 있었다. 봉수대에서 바라보는 남해 바다의 경치 또한 일품이다.

우리는 금산에서 내려와 지난해 방송된 MBC 드라마 〈환상의 커플〉의 촬영지인 독일마을남해군 삼동면 물건리을 찾았다. 1960년대 가난 때문에 간호사와 광부라는 이름으로 조국을 떠나야 했던 독일 교포들의 노후를 위해 남해군에서 지난 2001년에 조성한 마을이다.

독일마을로 들어서는 길에 강아지와 산책하고 있는 독일인 할아버지를 우연히 만나 몇 마디 이야기를 건넸다. 이국적인 독일마을 풍경은 마치 동화 속의 먼 나라 이야기처럼 환상적으로 내게 와 닿았다. 무엇보다 그림엽서에서나 볼 수 있는 예쁜 집과 푸른 바다의 어울림이 너무 부러웠지만, 관광객들의 잦은 발걸음이 꽤 싱가신 일로 여겨질 수 있겠다는 생각이 괜스레 들기도 했다.

독일마을 가까이에 있는 해오름 예술촌촌장 정금호에도 잠시 들렀다. 폐교된 물건초등학교 건물을 리모델링을 하여 멋진 예술 동네를 만들어 놓았다.

남해 독일마을

백설공주와 일곱 난쟁이들이 살고 있을 것만 같은 예쁜 집 안을 가만히 들여다보니 이것저것 물건을 쌓아 둔 창고였다. 그곳은 그런 식으로 주인장의 섬세한 손길이 느껴지는 낭만의 예술 공간이었다.

커다란 주판, 난로 위의 철제도시락 등을 볼 수 있는 옛날 교실에 들어가서 조수미씨는 풍금을 쳤다. 추억의 도시락을 보니 고등학교 시절 밥 위에 반찬을 얹고 뚜껑을 덮은 뒤 도시락을 마구 흔들어 즉석 비빔밥을 만들어서 친구들과 맛있게 먹던 옛 생각이 나서 재미있었다.

나는 그 교실에서 '참! 잘했어요' 라는 글자가 파여 있는 도장을 보고 몹시 반가웠다. 초등학교 시절 숙제를 잘했거나 일기를 바르게 썼을 때 담임 선생님이 찍어 놓은 '참! 잘했어요' 라는 도장의 힘은 참 대단했다. 어린 가슴에 자신감을 심어 주고 용기와 희망을 불어넣어 주던 칭찬의 도장이었다.

저녁 7시가 벌써 넘었다. 우리는 서둘러 마산을 향해 달리기 시작했다. 해오름 예술촌에서 봤던, "삶이란 원래 골이 아파야 살맛이 난다"는 글이 떠올라 혼자서 피식 웃었다. 요즘 부쩍 직장에서 받는 스트레스가 많다. 이제 스트레스도 자연스럽게 받아들이도록 해야겠다. _2007. 6. 10

■찾아가는 길

•남해고속도로 진교 I.C→(15분 소요) 남해대교→한려해상 국립공원 금산(보리암)

주차 요금(제1주차장) 4,000원(승용차 1대 기준), 경차(800cc 미만) 50% 할인

마을버스- (주)보광운수, 금송운수(주). 편도 1,000원(1996년 ～ 현재)

도로 확·포장 공사 시행(2006년 11월～2008년 11월)으로 공사기간 동안 평일에는 마을버스 외 일반차량 운행 일절 금지. 공휴일은 제2주차장의 주차 여건 따라 일반차량 운행 가능. 보리암 문화재 관람료 1,000원

여자 넷이 떠난 전라도 나들이
낙안읍성, 보성 녹차밭 돌아 담양 죽녹원까지

지난 24일 직장 동료 둘과 유치원에서 놀이 수학을 가르치는 콩이 엄마, 이렇게 여자 넷이서 전라도 나들이를 했다. 네 여자 모두 개성 하면 남보다 결코 뒤지지 않을 정도로 강하고 그날 나들이 계획에, 자동차 운전에, 총무 역할까지 도맡은 콩이 엄마가 내 동료들과 초면인데도 매우 유쾌하고 재미있는 여행이었다.

오전8시 10분께 마산을 출발한 우리 일행은 먼저 순천시 낙안읍성 민속마을을 향해 달렸다. 옛사람이 살았던 마을 모습 그대로 보존되어 있는 낙안읍성 민속마을_{사적 제302호, 전남 순천시 낙안면 동내리, 서내리, 남내리}에 이른 시간은 오전10시 30분. 우리는 설레는 마음으로 동문낙풍루 안으로 들어섰다.

낙안읍성은 산이나 해안에 쌓은 대부분의 성곽과 달리 너른 들에 축조되었다. 성곽의 길이는 1410m로 조선 시대의 관아와 초가 100여 채가 있고 현재 85세대 229명이 그곳에 살고 있다 한다. 우리는 따뜻한 햇볕을 즐기며 느긋한 걸음으로 성안을 거닐었다.

  발길 닿는 대로, 마음 내키는 대로 이리저리 걷다 눈에 띄는 초가집이 있
으면 들어가서 구경하기도 했다. 싸리문, 툇마루, 장독대와 아궁이 등 하나
하나 정겹지 않은 게 없었다. 생활의 편리함만 좇아 하루가 다르게 빠른 속
도로 변하는 세상에 살고 있는 우리들에게 그 정감 넘치는 풍경은 마음의
고향처럼 따스하게 다가왔다. 그리고 친구들과 그저 하하 웃으며 돌담 사
이로 난 길을 따라 한가하게 산책하니 술래잡기하며 뛰놀던 어린 시절도
아련히 떠올랐다.

  여행길에 맛보는 그 지방의 독특한 별미는 두고두고 잊지 못한다. 사실
우리가 전라도로 나들이한 결정적 이유도 감칠맛 나는 전라도 음식 때문이
었다. 그래서 점심으로 무얼 먹을까 생각하다 벌교의 꼬막정식으로 정했
다. 지나가는 사람에게 길을 물어 꼬막정식을 잘한다는 음식점을 찾아 우
리는 보성군 벌교읍 벌교리로 달려갔다.

  꽤 알려진 그 식당의 꼬막정식 값은 1인당 만원. 비싼 편이었지만 마산에
서 맛볼 수 없는 별미가 아닌가. 까서 먹는 삶은 통꼬막에 꼬막전, 꼬막회,
꼬막탕, 꼬막무침이 줄줄이 나왔다. 게다가 꼬막회와 김 조각을 큰 그릇에
담고 밥을 비벼 먹으니 정말이지, 환상적인 맛이었다.

  우리는 꼬막식당에서 나와 보성 녹차밭을 향해 달리기 시작했다. 오후 1
시 40분께 대한다원전남 보성군 보성읍 봉산리 주차장에 도착했다. 나는 하늘을 향
해 쭉쭉 뻗어 있는 삼나무 길에서부터 벌써 마음이 들떴다.

  햇살이 따사로이 쏟아져 내리는 그곳 녹차밭 경치는 단번에 사람들의 마
음을 사로잡을 만큼 깔끔히 다듬어져 있어 마치 예쁜 그림 같다. 눈부신 햇

살, 따뜻한 봄기운, 그윽한 녹차 향기가 느껴지는 길 따라 걷는 기쁨이란 말로 다 할 수 없었다. 낭만에 젖는다는 게 그런 기분이리라. 나는 꿈길에서 보는 듯한 아름다운 풍경에 흠뻑 빠졌다. 거기서 함께 걸으며 데이트하는 젊은 연인들의 모습도 괜스레 예뻐 보였다.

색깔도 예쁘고 상큼한 녹차세이크를 맛보며 우리는 담양 죽녹원전남 담양군 담양읍 향교리으로 향했다. 그곳에 도착한 시간은 오후4시 30분께. 담양 죽녹원은 팍팍한 일상에서 벗어나 휴식 시간을 가졌으면 하는 사람이 찾아갈 만한 곳이다. 하늘을 찌를 듯이 뻗은 대나무들이 빽빽이 들어선 숲길을 한 번 걸어 보자. 어느새 눈이 밝아지고 막혔던 코가 뚫리고 답답한 가슴속도 시원하게 트이게 될 것이다.

하늘이 잘 보이지 않을 만큼 울창한 대숲으로 살짝 비껴드는 햇살이 아름답다. 그리고 긴 의자에 앉아 댓잎이 서걱거리는 듯한 소리를 느끼며 책을 읽고 싶은 곳이다.

거기서 베트남 전쟁을 배경으로 한 영화 〈알 포인트〉R-Point, 2004가 촬영되기도 했는데 우연히 TV에서 보면서 으스스한 기분이 들었던 기억이 난다. 그 영화에서 주연한 감우성이 썼던 철모를 산책로에서 구경하는 즐거움도 있다.

죽녹원 하면 또 생각나는 게 죽녹원 입구에서 사 먹은 호떡 맛이다. 댓잎, 해바라기씨 등을 넣어 만든 호떡이라 맛이 좋고 호떡을 만드는 아주머니도 참 친절했다. 그 아주머니뿐만 아니라 길을 물을 때도 친절하게 가르쳐 주던 구수한 전라도 인심이 지금도 기억에 남는다.

우리는 담양에서 저녁을 먹고 마산으로 떠나기로 했다. 한국대나무박물관 부근에 있는 음식점에 들어가 대통밥 정식을 먹었다. 대통밥은 대나무

보성 대한다원 녹차밭

통에 쌀, 밤, 은행, 대추, 검은콩 등을 넣고 쪄 낸 것으로 밥에 은은한 대나무 향기가 배어 나오는 듯했다. 그리고 죽순, 새송이버섯 등을 넣은 죽순된장찌개가 반찬으로 곁들여 나왔는데 그 맛이 일품이었다. 마산으로 돌아가는 길 내내 우리는 하하, 호호하며 이야기꽃을 피웠다. 문득 먼 길을 함께 떠날 수 있는 친구들이 내 곁에 있다는 것 또한 작은 행복이라는 생각이 들었다. _2007. 2. 28

■ 찾아가는 길

● 광주→호남고속도로→승주 I.C→선암사 방향→죽학 삼거리→낙안읍성 민속마을

● 대한다원 : 보성읍에서 회천 방면으로 8km (10분 소요) 입장료 성인1,600원, 성인 단체(30인 이상)·어르신·초·중·고 1,000원, 6세 이하 무료

● 죽녹원 : 광주 두암동 정류소→국도 15호선→담양 정류소서 국도 29호선→향교교 건너편

화려한 빛의 축제, 진주 남강을 물들이다
의령 자굴산과 2007진주남강유등 축제를 다녀와서

나는 지난 3일에 가까이 지내는 콩이 엄마, 김호부 선생님과 함께 경상남도 의령군 자굴산897m 산행을 떠났다. 오전 9시에 마산을 출발한 우리 일행은 의령군 칠곡면 내조리에서 9시 40분께 산행을 시작했다. 간밤에 비가 내렸는지 숲길은 물기를 머금고 촉촉이 젖어 있었다. 숲속의 공기도 깨끗하고 싱그러웠다. 더욱이 가까운 친구 몇몇이 어울려 하는 산행은 느긋해서 참 좋다. 걸어가다 쉬고 싶으면 적당한 곳에 자리 잡고 앉아 시원한 과일을 먹으면서 한참 동안 이런저런 이야기도 나눌 수 있다.

1시간 남짓 걸어가자 너덜겅이 나왔다. 김호부 선생님 말로는 할망구 너덜겅이라 부른다고 했다. 그렇게 이름을 붙인 사연이 궁금한데 싱겁게도 모른다는 거다. 그런데 할망구 너덜겅의 풍경이 지나가는 사람들의 마음을 묘하게 끌어당긴다. 거기서 10분 정도 더 걸어가면 예쁜 절터샘이 나온다. 절집은 온데간데없고 그곳이 절터였음을 말해 주는 작은 샘만 남아 있다.

2007 진주남강유등축제

번듯한 건물도 어느 날 그렇게 사라져 버리지만, 사람도 이 세상에 왔다가 가고 만다. 그러니 무슨 큰 욕심을 부리겠나. 그저 소박한 삶을 살고 싶다.

절터샘에서 자굴산 정상까지의 거리는 1.2km. 바람이 머물다 가는 바람덤을 거쳐 오르게 된다. 바람이라 하면 격정, 상쾌함, 스산함 등의 단어가 떠오른다. 산행을 할 때 초록빛 나뭇잎들이 살랑살랑 흔들리는 모습에서 느껴지는 바람은 시원하다. 어쩌다 속상한 일을 겪을 때면 나는 마음 바닥까지 쓸고 가는 듯한 거친 바람 속으로 막 뛰어들고 싶어진다.

우리가 자굴산 정상에 이른 시간은 낮 12시께. 벌써 도착한 많은 등산객들이 도시락을 먹고 있었다. 우리는 도시락을 미처 준비하지 못해 남은 과일 등을 먹으면서 한참 이야기 나누다 1시께 하산하기 시작했다. 그리고 자굴산에서 내려와 의령읍에 있는 50년 전통의 국밥집으로 가서 허기를 채웠다.

우리는 의령에서 가까운 진주로 가서 남강유등축제를 보기로 했다. 그런데 행사장에 도착해서 주차하는 데 30여 분이 걸렸을 만큼 사람도 붐비고 차량도 많았다. 진주의 유등놀이는 1592년 10월 임진왜란 때 김시민 장군이 3800여 명의 적은 병력으로 2만의 왜군을 무찔렀던 진주성 전투에서 기원한 것이다. 성 밖 의병 등 지원군과 연락하는 군사 신호로 풍등風燈을 하늘에 올리며 횃불과 함께 남강에 등불을 띄웠다고 한다. 그리고 남강을 건너려 하는 왜군을 저지하기 위한 전술과 진주성의 병사들이 성 밖의 가족들에게 안부를 전하는 통신수단으로도 이용되었다.

그러나 이듬해인 1593년 6월 또다시 공격하기 시작한 왜군에 의해 진주성이 함락되어 버렸다. 그 전투에서 의롭게 순절한 7만 병사와 사민士民의 정신을 기리기 위한 유등 풍습이 오랜 세월 이어져 오다 유등놀이로 정착

되었고 이제 축제로 자리 잡게 되었다

우리는 일단 부교를 건너서 진주성 맞은편 남강 둔치로 가기로 했다. 그런데 편도 통행료로 1000원을 받는데다 부교 밑바닥이 자꾸 흔들려 속이 울렁울렁했다. 그곳 둔치에는 남강에 띄워 놓은 세계 각국의 등과 한국 등에 불이 환하게 들어오기를 기다리며 일찌감치 자리를 잡고 있는 사람들도 많았다. 우리는 고등학생들이 만든 창작등, 그리고 진주 시민과 관광객들이 가정의 행복을 빌며 달아 둔 소망등을 구경하며 다녔다.

얼마 후 강에 띄워 놓은 여러 형상의 등에 하나씩 불이 켜지면서 화려한 빛의 축제가 시작되었다. 이 땅을 지키다 목숨을 바친 의로운 넋이 되살아나는 순간이었다. 또한 오늘을 살아가는 우리들에게 주는 희망의 메시지이기도 하다. 천수교 쪽에 있는 음악분수의 화려한 쇼도 아주 볼 만했다. 신나는 음악에 맞춰 형형색색의 아름다운 분수가 춤추듯 움직였다. 마치 한밤의 야외무대에서 감동적인 콘서트를 보는 느낌이다. 분수 쇼의 경쾌함에 마산으로 돌아가는 내 마음도 한결 즐거웠다._2007. 10. 6

■찾아가는 길

•남해고속도로 진주 I.C→진주 시내 진입→진주성, 진주 남강

•대전-통영간고속도로 서진주 I.C→시내 진입→ 진주성, 진주 남강

•남해고속도로 의령 군북 I.C→의령 방면 79번 국도→7.5km→의령읍→20번 국도→칠곡면 우회전→
2.7km→칠곡면 내조라→자굴산

한우산 드라이브 웃어야 할까, 울어야 할까?
경남 의령군 나들이… 한우산과 의령구름다리에 가다

나는 지난달 30일 유치원에서 놀이 수학을 가르치는 조수미씨와 함께 경상남도 의령군 나들이를 하게 되었다. 10여년 전부터 알고 지내는 사이로 서각을 하는 윤영수 선생님의 집도 구경할 겸 산길 드라이브 코스로 알려져 있는 의령 한우산764m, 경남 의령군 궁류면에도 한번 가고 싶어서였다. 우리는 윤영수 선생님이 근무하는 마산여고 앞에서 오후 1시 20분에 만나서 함께 출발했다. 의령군 용덕면 이목리에 위치한 선생님 집에 도착한 시간은 2시께. 나지막한 돌담이 정겨운 예쁜 집이었다. 대문이 없는 그 집 마당은 썩 넓은 편은 아니지만 절로 피어난 봉선화가 있고 내가 좋아하는 무화과나무도 있었다.

잘 익은 무화과를 나무에서 바로 따서 먹은 뒤 우리는 곧장 한우산을 향했다. 한우산寒雨山은 산이 깊고 수목이 울창하여 시원하기가 겨울에 내리는 차가운 비와 같다 하여 예전에는 찰비산이라 불렀다 한다. 철쭉과 진달래

한우산 가는 길에 벼가 영글어 고개를 숙이고 있는 그림 같은 풍경이 마음을 설레게 했다.

가 군락을 이루며 예쁘게 피는 한우산은 패러글라이딩 활공장이 있어 그 동호인들이 즐겨 찾는 산이다. 더욱이 이광모 감독이 만든 영화 '아름다운 시절'의 마지막 장면이 그곳에서 촬영되기도 했다.

한우산으로 가는 길에 벼가 여물어 고개를 숙이고 있는 그림 같은 풍경이 마음을 몹시 설레게 했다. 밥 한 그릇이 주는 행복이 묻어나는 풍요로운 경치로 내 마음밭도 넉넉해졌다. 문득 '벼 이삭은 익을수록 고개를 숙인다'는 속담이 머릿속을 스쳐 지나갔다. 사람마다 저 잘난 맛에 산다지만 세상이 부쩍 남을 배려하는 마음이 없어져 가는 듯해서 아쉽다.

벽계저수지를 가로지르는 벽계교를 건너가자 산굽이를 돌아 오르는 구불구불한 길이 정상 바로 아래까지 계속 이어졌다. 그래서 차로 정상 가까이에 오를 수 있도록 길이 닦인 한우산은 드라이브 코스로도 많이 알려졌다. 그날 우리도 산행이 목적이 아니라서 드라이브 코스 따라 차로 이동을 했지만, 산을 좋아하는 나로서는 과연 웃어야 할지, 울어야 할지 알지 못했다.

자굴산897m이 바라보이는 곳에 주차를 하고 10분 남짓 올라가니 한우산 정상이었다. 군데군데 억새도 보이고 가을꽃들도 피어 있었다. 마침 진주에서 왔다는 무선조종 글라이더 동호인들이 거기에 있었다. 가을 하늘에 글라이더를 신나게 날리는 그들의 모습을 바라보며 나도 새처럼 하늘을 맘껏 날아 봤으면 하는 생각에 젖었다.

한우산에서 내려와 윤영수 선생님의 서각 작품 두 점이 걸려 있는 의령예술촌의령군 궁류면 평촌리에도 들렀다. 한 점은 나무 그대로 살리고 또 한 점은 나무에 채색을 했다. 더욱이 의령예술촌을 오가는 길에 벼와 어우러져 한들한들 피어 있는 코스모스꽃들이 너무 예뻐 우리는 가을 풍경에 푹 빠졌다. 타고 있던 차에서 내려 휴대 전화에도 담고 사진도 찍었다.

오후 5시 50분께 되어서야 윤영수 선생님 집에 다시 돌아왔다. 밥을 짓고, 부추를 다듬어 겉절이를 하고, 추석 때 만들어 둔 반찬을 데워 맛있는 저녁을 했다. 그리고 농약을 안 친 자연산 감을 깎아 먹고 따끈한 커피도 마시며 저마다 살아온 이야기를 한참 주고받았다.

마산으로 돌아가는 길에 의령구름다리_{의령군 의령읍 서동리}를 구경하기로 했다. 화려한 조명을 입은 구름다리가 캄캄한 밤을 아름답게 수놓고 있었다. 마치 다리에 작은 별들이 무수히 걸려 있는 것 같았다. 해가 뜰 무렵 구름다리 주탑에서 남강의 정암진 솥바위 쪽을 바라보고 간절히 빌면 부자가 된다는 재미있는 이야기도 안내판에 적혀 있다.

정암진은 임진왜란 때 홍의장군 곽재우가 왜적을 물리쳤던 곳으로 유명하다. 그곳에는 가마솥처럼 생긴 솥바위가 있는데, 솥바위를 중심으로 하여 20리_{8km} 거리 내에서 큰 부자가 난다는 전설이 있었다. 그래서 그런지 삼성그룹 고 이병철 회장은 의령군 정곡면에서, 효성그룹 고 조홍제 회장은 함안군 군북면에서, 그리고 LG그룹 고 구인회 회장이 진주시 지수면에서 태어나 그 전설이 딱 들어맞다고 무릎을 치는 사람들이 많았다는 거다.

갑자기 어디에선가 피리 부는 소리가 들려왔다. 가만히 살펴보니 다리 밑에 한 남자가 앉아 피리를 불고 있었다. 우리는 구름다리에서 내려가 그에게 말을 붙였다. 자신의 이름을 한기철36이라고 소개한 그는 평범한 회사원으로 대학생 때부터 취미로 피리를 불어 왔다고 한다. 팍팍한 일상에서 벗어나 피리를 불고 싶을 때면 스스로 '풍류의 장'이라 이름 붙인 그곳을 찾는다는 그는 인생을 멋지게 살아가는 사람인 것 같다.

나는 집으로 돌아가는 길에 '하나를 채우면/ 하나가 모자라는/ 언제나 부족할 수밖에 없는/ 저를 그대로/ 사랑해 주소서'라고 쓴 윤영수 선생님의 기도문이 자꾸 떠올랐다. 저마다 살아가는 방식은 다르지만 자신의 어설픈

의령 한우산 드라이브 코스. 이광모의 '아름다운 시절'이 촬영되기도 했다.

모습을 그대로 드러내기를 주저하지 않는 진솔한 친구들이 내게 많으면 좋
겠다는 생각이 들었다._2007. 10. 5

■찾아가는 길
•서울, 대전 방면: 대전–통영간고속도로→단성 I.C→20번 국도→대의면→칠곡면 내조리→한우산
•대구, 경북 방면: 구마고속도로→창녕 I.C→20번 국도→봉황대→벽계저수지→한우산

남근석 앞에서 '꼴림에 대하여'를 읊다
충북 제천 여행길에서 갈색 가을을 만나다

나는 지난 11일 충청북도 제천시에 일을 보러 가는 친구를 무작정 따라나섰다. 한동안 팍팍한 일상에 발이 묶여 어디든 떠나고 싶은 마음이었다. 내가 사는 마산에서 3시간 반 걸려 도착한 제천시 금성면 성내리 마을. 거기서 천년고찰인 무암사 쪽으로 더 올라가서 낮 4시에 만나기로 약속을 하고 차에서 내렸다.

단풍이 곱게 물든 무암사 입구를 지나 까치성산845.5m과 동산을 이어 주는 새목재로 가는 길은 온통 갈색 세상이었다. 떨어지는 것의 안타까움에 길들여진 탓인지 낙엽이 수북이 깔린 갈색 가을의 풍경은 늘 쓸쓸함을 주는 것 같다.

간밤에 비가 내렸을까. 바스락거리는 낙엽 소리에서도 촉촉한 물기가 전해져 왔다. 그 젖은 느낌이 괜스레 내 마음밭마저 외롭게 적신다. 어느 틈에 슬며시 내 발등에 내린 나뭇잎 하나. 잠시 그 나뭇잎에 귀 기울여 늦가을의 이야기 한 토막 듣고 싶었다.

동산896.2m에는 기암괴석이 많다. 그 가운데 이구동성으로 동산을 대표하는 바위로 소개하는 남근석을 보러 가기로 했다. 무암사 입구에서 20분 남짓 걸리는데 꽤 가팔랐다. 게다가 남근석 가까이에는 계속 바위라 묶어 둔 로프를 단단히 잡고 올라가야 했다. 혼자서 웬 청승을 떨고 있나 싶기도 하고 슬그머니 겁도 났다.

높이가 3m 정도 되는 거대한 남근석이 파란 가을 하늘 아래 서 있었다. 야릇한 기분도 들지만 자연의 신비함도 느껴졌다. 마침 몇몇 사람들이 사진을 찍고 있어 나도 서둘러 신기하게 생긴 바위를 디카에 열심히 담았다.

> 내가 꼴린다는 말 할 때마다
> 사내들은 가시내가 참… 혀를 찬다
> 꼴림은 떨림이고 싹이 튼다는 것
> 무언가 하고 싶어진다는 것
> 마음속 냉기 풀어내면서
> 빈 하늘에 기러기 날려보내는 것
>
> – 함순례의 '꼴림에 대하여' 일부

마치 동산의 생명력을 상징하고 있는 듯한 우람한 남근석을 뒤로하고 나는 조심조심 내려가기 시작했다. 아스라이 보이는 무암사의 한가한 풍경이 왠지 정겹게 와 닿았다. 신라 문무왕 때 의상대사가 창건했다고 전해지는 무암사에는 유명한 소 부도浮屠가 있다. 의상대사가 절을 세우려고 아름드리나무를 잘라 힘겹게 나르고 있었을 때 소 한 마리가 어디선가 나타나 목재를 운반해 주어 손쉽게 절을 지을 수 있었다 한다. 얼마 뒤 소가 죽어 화장을 했더니 놀랍게도 여러 개의 사리가 나와 소의 불심에 감동한 대사가 사리탑을 세워 주었다는 거다.

가을이 짙어 가는 무암사 입구에서 친구와 다시 만났다. 우리는 '작은 금강산'이라 부르는 금월봉^{제천시 금성면 월굴리}에 잠깐 들렀다가 마산으로 내려가기로 했다. 금월봉은 지난 1993년 한 시멘트 회사의 점토 채취장에서 시멘트를 만드는데 쓰이는 흙을 파다 우연히 발굴되었는데, 지역 이름인 금성면과 월굴리의 앞 글자를 따서 지어졌다.

오랜 세월 동안 흙속에 묻혀 있다 모습을 드러내게 된 바위산이란 점에서 금월봉은 내 호기심을 자극했다. 비밀을 간직한 채 땅속에서 오래 잠자고 있던 유적 발굴의 떠들썩한 속보를 접하는 듯한, 그런 흥분과 기대감 같은 게 느껴졌다.

기암괴석이 뾰족뾰족 솟아 있는 생김새가 금강산 일만이천봉을 쏙 빼닮았다는 금월봉. 아직 금강산 근처도 못 가 본 나는 그저 고개를 끄덕이며 감탄의 눈으로 바라볼 수밖에 없었다. 2004년에 방영된 SBS 대하드라마 〈장길산〉에서 장길산이 금강산에 올라 무예를 갈고 닦던 장면이 그곳에서 촬영되었다고 한다. 또 몇 해 전에는 병신춤을 추는 공옥진 선생이 거기서 공연을 하기도 했다.

철망에 걸린 녹슨 햇빛보다
오래, 오래 버티던 가랑잎이
굴러떨어진다

가을,
따돌려지는 듯한
편안함

 – 황인숙의 '가을' 일부

　　매일 되풀이되는 일상도 여행처럼 가슴 설레며 살 수 없는 걸까. 짧은 여행을 끝내고 마산으로 돌아가는 차창 밖으로 11월의 가는 햇살이 아름다운 사선斜線을 그으며 달려오는 듯했다. 무엇이든 왔던 것은 가기 마련이다. 말라 버린 이파리 하나하나 떨어뜨리며 어느새 가고 있는 가을의 뒷모습을 우두커니 바라보았다. 문득 시인 황인숙의 멋진 시구가 내 가슴속으로 파고들었다. _2006. 11. 15

■찾아가는 길
●충주 수안보 삼거리→36번 국도→수산면 사거리서 597번 지방도→청풍문화재단지와 청풍대교→제천 시내 쪽→금성면 성내라→무암사
●영동고속도로→중앙고속도로→남제천 I.C→82번 지방도 청풍,수산 방면→청풍호→금월봉, 태조왕건 촬영장→성내리 버스 정류장→(좌회전)마을→주차장→SBS촬영세트장→무암사

3부_ 역사 기행

마음에 스치는 세월의 바람을 느끼면서 깊은 영혼의 울림을 듣고 싶은 것일까.

옛사람들이 걸어온 삶의 흔적이 때로는 슬프게,

때로는 아름답게 다가오는 여행길에서는 신선한 감동과 함께

내가 서 있는 자리를 한번 돌아보게 된다.

대현스님 따라 고개 돌리던 불상 머리는 어디 있을까?
경북 경주시 남산... 신라 불교미술의 보고

나는 지난 19일 통영여고에서 역사를 가르치는 김건선 선생님 가족, 어린이 예술단 '아름나라'를 이끄는 고승하 선생님 부부, 유치원에서 놀이 수학을 지도하는 조수미씨 가족, 그림을 그리는 박임숙씨 가족과 함께 경주 남산을 찾았다.

신라를 논할 때마다 "남산을 빼놓고는 신라를 말할 수 없다"는 김건선 선생님의 설명에 꼭 한 번 가고 싶었던 곳이 경주 남산이었다. 남북이 8km, 동서가 4km로 금오산$_{468m}$과 고위산$_{494m}$의 두 봉우리가 솟아 있고 불곡, 삼릉계, 용장골 등 40여 개의 골짜기들로 이루어진 남산은 신라 사람들의 신앙터이면서 불교미술 창작을 위한 연습장이기도 했고, 생활 터전이면서 또 신나는 놀이터이기도 했다.

오전 8시 20분께 마산에서 출발한 우리 일행은 김해에 사는 조수미씨 가족과 합류하여 10시 40분께 경주 남산 서쪽 기슭에 동서로 3개의 왕릉이 나란히 있는 삼릉_{사적 제219호, 경북 경주시 배동}에 이르렀다. 삼릉은 박朴씨 왕인 신라 8대 아달라왕, 53대 신덕왕, 54대 경명왕의 무덤으로 전해지고 있는데 확실한 기록이 없어 믿을 수 없다고 한다. 신라 초기 아달라왕이 무려 700여 년이란 시간적 간격이 있는 두 개의 왕릉과 한곳에 있다는 것은 나로서도 쉽게 받아들이기 어려웠다.

우리는 뒷날 태종무열왕으로 즉위하는 김춘추와 김유신의 누이인 문희에 얽힌 이야기를 나누면서 삼릉계석조여래좌상을 보러 갔다. 언니 보희가 서산에 올라 오줌을 누었더니 온 서라벌이 오줌에 잠겨 버린 희한한 꿈을 들려주자 문희가 그 꿈을 사서 김춘추와 결혼하게 되었다는 이야기는 너무나 많이 알려져 있다. 그런데 김춘추와 축국을 하던 김유신이 일부러 그의 옷고름을 밟아 찢어지게 하여 옷을 기워 준다는 구실로 자기 집으로 데리고 갔던 또 다른 이야기는 경주 남산과 관련이 있어 흥미롭다.

그날의 만남을 계기로 문희가 결국 김춘추의 아이를 가지게 되는데 그에게는 이미 부인이 있었다. 문희가 아비 없는 아이를 가졌다는 소문을 퍼뜨린 김유신은 선덕공주의 남산 나들이에 때맞춰 그녀를 태워 죽인다고 장작더미에 불을 질렀다. 그때 마침 그의 집에서 피어오르는 연기를 선덕공주가 보고 그들이 혼례를 올리게 해 주었다는 이야기이다.

김유신의 증조부는 금관가야의 마지막 왕인 구형왕이다. 가야의 후손이란 꼬리표가 따라다니는 김유신으로서는 어쩌면 신분적 끈을 만들기 위해 왕족이 필요했을 것이다. 그래서 의도적으로 그의 누이를 진골 출신인 김춘추와 혼인을 시키려 했던 것이 아닐까.

어느새 우리는 삼릉계석조여래좌상이 있는 곳에 이르렀다. 1964년 동국대학교 학생들에 의해 발견된 그 불상은 머리가 없다. 조선 시대의 억불 숭

유 정책 탓이었을까. 머리 없는 불상이 주는 충격적 분위기에 나는 잠시 멍해 있었다. 그러나 옷 주름, 가사袈裟의 매듭, 그리고 매듭에 달린 술까지 너무나 사실적으로 섬세하게 조각된 몸체는 머리를 잃어버렸음에도 불구하고 아름다움과 위엄이 넘쳤다.

머리 없는 불상이 있는 곳에서 왼쪽으로 2분도 채 걸리지 않는 거리에 삼릉계곡마애관음보살상경북유형문화재 제19호이 있다. 머리에는 보관寶冠을 쓰고 손에는 보병寶瓶을 든 채 연꽃무늬 대좌臺座 위에 서 있었다. 돌기둥 같이 생긴 암벽에 돋을새김을 한 것으로 자비로운 얼굴로 내려다보는 것 같았다.

석조여래좌상이 있는 곳으로 되돌아가서 조금만 더 올라가면 조각 수법이 뛰어나고 정교해 우리나라 선각線刻 마애불 가운데 으뜸가는 삼릉계곡선각육존불경북유형문화재 제21호을 만날 수 있다. 자연 암벽에 선으로 새긴 한 쌍의 마애삼존불로 오른쪽 삼존불의 본존은 좌상이고 양옆 협시보살은 연꽃을 딛고 본존을 향해 서 있다. 대조적으로 왼쪽 삼존불의 본존은 입상이며 협시보살들은 본존을 향해 공양하는 자세로 연꽃무늬 대좌 위에 꿇어앉아 있었다.

남산은 사실 마애불의 보고라 할 만큼 마애불이 많다. 마애불을 보고 있으면 마치 돌 속에 부처가 있다고 생각한 신라 석공들이 마음의 흐트러짐 없이 혼신의 힘을 기울여 그 부처를 캐낸 듯한, 신비스럽고 장엄한 감동이 밀려온다.

높이 7m, 너비 5m나 되는 거대한 자연 암벽에 6m 높이로 새긴 마애불도 있다. 상선암 마애석가여래좌상경북유형문화재 제158호으로 앉아 있는 모습이다. 몸체는 아주 얕게 새겨져 있지만 머리에서 어깨까지는 입체감 있게 깊게 새겨 돋보이게 해 놓았는데 옆모습이 매우 예쁘다. 속세의 중생을 굽어보는 듯한 자비와 위엄이 서려 있어서 그런지 유독 그 불상 앞에는 기도하

항마촉지인(降魔觸地印)을 하고 있는 용장사곡마애여래좌상

는 사람들이 많았다.

　경주 남산은 불교미술의 노천박물관이라 말해도 될 만큼 산길을 오르면서 계속해서 불상을 만나는 기쁨을 맛볼 수 있었다. 이어지는 설렘과 감동으로 피곤함도 모른 채 금오산 정상에 이른 시간은 낮 12시 50분께. 우리는 그곳에서 각자 준비한 도시락을 꺼내 맛있는 점심을 먹고 용장사터로 내려가기 시작했다. 몇 군데 남아 있는 석축으로 미루어 규모가 큰 절로 짐작되는 용장사는 매월당 김시습이 우리나라 최초의 한문소설인 〈금오신화〉를 쓰며 머물던 곳이었다. 우리는 삼층탑 같은 독특한 원형 좌대를 볼 수 있는 용장사곡석불좌상보물 제187호이 있는 곳으로 갔다.

　자연석 기단 위에 삼층으로 특이한 원형 대좌와 대좌 받침을 교대로 만들어 놓은 용장사곡석불좌상은 불상 자체는 크지 않으나 대좌가 높아 전체적으로 매우 높아 보인다. 그런데 〈삼국유사〉에 의하면 유가종瑜伽宗의 대덕인 대현스님이 염불을 하면서 석불좌상 주위를 돌면 불상 또한 대현스님 따라 고개를 돌렸다고 전해지는데 안타깝게도 머리 부분이 없어졌다. 그 불상의 머리는 대체 어디에 있을까.

　석불좌상 뒤쪽으로 있는 바위벽에는 용장사곡마애여래좌상보물 제913호이 새겨져 있는데 첫눈에 작은 소라 모양의 머리칼이 인상적이었다. 오른손은 무릎 위에 올려 손끝이 땅을 향하게 하고 왼손은 배 부분에 놓는 항마촉지인降魔觸地印을 하고 있다. 위치가 길목이라 느긋한 마음이 아니면 그냥 지나쳐 버릴 수도 있을 것 같았다.

　우리는 바위산 전체를 하단 기단으로 삼아 자연과 아름다운 조화를 이루고 있는 용장사곡삼층석탑보물 제186호을 올려다보면서 하산을 했다. 계곡물이 너무 깨끗해 바위 끝에 매달린 고드름을 따먹기도 하면서 삼릉으로 가는 버스 정류장에 도착한 시간이 오후 3시 50분께. 30분마다 있는 버스가 마침 4시에 도착했다. 우리는 삼릉 앞에서 내려 그곳 별미인 우리밀 칼국수를 사먹었는데, 맛이 일품이었다. 천 년의 역사를 품은 경주 남산. 남산을 빼놓고는 신라를 말할 수 없음을 실감한 하루였다. _2008. 1. 30

■찾아가는 길
•경주고속버스터미널→배리 삼릉까지 일반버스 이용(10,11,153,601,603,605,609번)
•경주고속버스터미널→35번 국도(울산광역시 방면)→노송 숲길→배리 삼릉

경주의 힘, 우리들의 힘!
경북 경주시 괘릉, 보리사터, 할매부처, 첨성대, 임해전지

날마다 되풀이되는 단조로운 일상이 삶의 든든한 힘이라고 한다면, 마음의 잔잔한 떨림으로 길을 떠나는 여행은 그 일상을 새롭게 받아들이며 잘 버텨 나가게 해 주는 버팀목이다. 더욱이 옛사람들이 걸어온 삶의 흔적이 때로는 슬프게, 때로는 아름답게 다가오는 여행길에서는 신선한 감동과 함께 내가 서 있는 자리를 한번 돌아보게 된다.

지난해 마지막 달 29일에 나는 통영여고에서 역사를 가르치는 김건선 선생님 부부, 유치원에서 놀이 수학을 지도하는 조수미씨, 중학생 혜진이와 같이 경주 여행을 떠났다. 오전 8시 10분에 마산에서 출발하여 9시 20분께 김해에서 조수미씨, 혜진이와 합류하여 경주 괘릉사적 제26호, 경북 경주시 외동읍 괘릉리에 도착한 시간이 11시 20분께였다.

신라 제38대 원성왕의 무덤으로 추정되는 괘릉掛陵. 신라 사람들의 예술 경지를 한껏 보여 주고 있는 곳이다. 왕릉이 조성되기 전 그곳에는 작은 연못이 있었는데, 연못의 원형을 변경하지 않고 왕의 유해를 수면 위로 걸어 안장했다는 속설로 인해 괘릉이란 이름이 붙여졌다 한다.

원성왕재위 785~798의 본명은 김경신으로 왕으로 추대된 이야기가 흥미롭다. 〈삼국사기〉에 의하면 선덕왕이 아들이 없이 죽자, 대신들은 당시 상대등上大等 김경신보다 서열이 높은 김주원을 추대했다. 그러나 홍수로 인해 김주원이 알천閼川을 건너오지 못했고 이를 하늘의 뜻으로 믿은 대신들이 결국 김경신을 왕으로 추대하게 되었다는 거다.

괘릉을 중심으로 좌우 입구에 돌사자 4점, 문인석文人石 2점, 무인석武人石 2점과 화표석華表石이 마주하여 서 있는데 한데 묶어 보물 제1427호로 지정되어 있다. 돌사자들은 모두 바라보고 있는 방향과 자세가 각기 다르다. 돌사자 하나하나 마치 살아 움직이고 있는 듯한 느낌을 주고 목덜미의 갈기나 꼬리 부분도 아주 섬세하게 처리되어 있어 놀랍다.

근엄한 얼굴을 하고 있는 문인석 또한 관복의 매듭까지 꼼꼼하게 조각해 놓았고, 주먹을 불끈 쥐고 당당하게 서 있는 무인석은 힘이 넘쳐 흐르고 깊은 눈, 넓은 코, 숱이 많은 수염 등 서역인西域人의 얼굴이라 몹시 인상적이었다. 무인석에 대해 페르시아 사람이라는 주장도 있다고 하는데, 당시 동서 문화의 교류를 짐작하게 한다.

괘릉 봉분 밑의 둘레돌호석에는 십이지신상十二支神像이 조각되어 있어 쥐子, 소丑, 범寅, 토끼卯 등 열두 가지 동물이 각각 방향과 시간을 맡아 무덤을 지키고 보호하고 있다. 우리는 무덤 주위를 한 바퀴 돌며 십이지신상을 감상하다 자기 띠의 동물이 나오면 아이처럼 좋아했다.

신라 석수들의 뛰어난 미적 감각과 조각품에 녹아든 그들의 철학을 엿볼 수 있어 참 좋았던 괘릉을 뒤로하고 우리는 남산 미륵곡석불좌상보물 제136호,

경주시 배반동이 있는 보리사를 향했다. 신라 시대의 보리사터로 추정되는 그곳에 남아 있는 석불좌상은 전체 높이 4.36m, 불상 높이 2.44m로 현재 경주 남산에 있는 신라 시대의 석불 가운데 가장 완벽하게 보존되어 있다.

엷은 웃음이 입가에 은은하게 번지는 듯한 둥근 얼굴이 푸근한 느낌을 주었다. 오른손을 무릎 위에 올려 손끝이 아래로 향하게 하고 왼손은 손바닥을 위로 해서 배꼽 앞에 놓는 항마촉지인降魔觸地印으로 중생을 구제하기 위해 악귀를 누르고 있는 모습이다. 광배光背에는 화불化佛과 보상화寶相華 등이 화려하게 장식되어 있고, 보기 드물게 광배 뒷면에 가는 선으로 모든 질병을 구제하는 약사여래불藥師如來佛이 조각되어 있는 것이 참으로 특이했다.

그곳에서 차로 10분 정도 가서 조금 걸어 올라가면 남산 불곡석불좌상보물 제198호, 경주시 인왕동을 볼 수 있다. 남산 동쪽 기슭에 있는 한 바위를 파고 깎아서 감실 속의 불상을 만들었다. 첫눈에 불상보다 인자한 할머니 형상을 하고 있는 도인道人이란 생각이 들었다. 그래서 그런지 경주에서는 '할매부처'라고 부르고 있다 한다.

돌 속에 지혜가 있는 것일까. 깊은 영성을 지닌 석공에 의해 탄생한, 따뜻한 인상의 할매부처님. 남산에 남아 있는 신라 석불 가운데 가장 오래되었다. 고개를 약간 숙이고 있는 듯한 모습에서 넉넉함과 친근함이 느껴져서 좋다. 계곡 이름도 부처 골짜기라는 뜻을 지닌 불곡佛谷이란 이름을 얻게 되었다.

우리는 이풍녀 구로쌈밥집에 들어가서 늦은 점심을 하고 곧장 맞은편에 있는 첨성대국보 제31호, 경주시 인왕동로 갔다. 초등학교 때 수학여행을 갔던 곳이다. 그런데 그때와는 전혀 다른 느낌이다. 첨성대는 신라 선덕여왕재위 632~647 때 건립된 것으로 추정되는 천문관측대로 동양에서 가장 오래되었

'할매부처' 로 불리어지는 경주 남산불곡석불좌상

다. 정사각형의 기단 위에 27단으로 원통형의 몸체를 쌓아 올리고 맨 위에 정자석井字石으로 처리를 했다.

몸체 남쪽 가운데에 나 있는 네모난 출입구 위로 12단, 아래로 12단으로 석단을 쌓아 1년 12달과 24절기를 상징하고 사용된 돌의 숫자도 362개라고 하니 예술적 미를 지녔을 뿐 아니라 참으로 과학적이다. 별자리, 혜성, 기후변화 등 하늘의 움직임에 따라 농사 시기를 결정하며 나라를 다스려 나갔을 옛사람들의 지혜가 물씬 느껴지는 곳이다.

우리는 첨성대를 구경한 뒤 산책하듯 천천히 걸어가면서 경주 김씨의 시조 알지의 설화가 전해지는 계림사적 제19호, 신라 궁궐이 있었던 월성사적 제16호, 조선 영조 때 월성 안에 만든 얼음 창고인 석빙고를 구경했다. 손이 시릴 정도로 날씨가 점점 더 쌀쌀해졌지만 길 건너 임해전지臨海殿址, 사적 제18호로 갔다. 신라 왕궁의 별궁터인 임해전지는 왕자가 거처하는 동궁으로 사용되면서 나라의 경사가 있거나 귀한 손님을 맞을 때 연회를 베풀기도 했던 곳으로 안압지 서쪽에 위치해 있었다고 한다.

경순왕 5년931에 고려 태조 왕건을 위해 잔치를 베풀었던 곳도 임해전이다. 안압지는 동궁의 원지苑池로 선인仙人들이 산다는 삼신산三神山을 상징한 세 개의 섬이 조성되어 있고 원래 이름은 월지月池였다. 조선 시대에 폐허가 된 그곳에 기러기와 오리가 날아들어 안압지雁鴨池라고 부르게 되었다.

우리는 어디에서 보아도 끝이 보이지 않게 설계되어 있는, 그래서 서 있는 곳마다 다른 모습으로 와 닿는 안압지를 한 바퀴 돌았다. 그리고 연못으로 흘러드는 물길을 따라가 보았는데, 작은 것 하나하나에도 세심한 손길이 느껴졌다. 그날 경주의 문화유산을 몇 군데 답사하면서 우리들 삶 속으로 녹아든 옛사람들의 숨결을 생생하게 느낄 수 있었다. 그리고 우리들이 놓쳐 버린 옛사람들의 지혜를 못내 아쉬워하면서 앞으로 걸어가야 할 내 삶에 대한 고민에 빠져 보았다. _2008. 1. 2

■찾아가는 길
•괘릉: 불국사역→7번 국도→울산 쪽 약 3km→괘릉교 못 미쳐 왼쪽 숲속 시멘트길→그 길 안쪽 500m
•남산 미륵곡석불좌상: 국립경주박물관 앞→7번 국도→불국사, 울산 방면 1.7Km→사천왕사터 앞→오른쪽 화랑교육원, 통일전(統一殿) 400m→화랑교→오른쪽 갯마을 입구→200여m→마을 안 갈림길→왼쪽 길 따라 400여m 보리사
•남산 불곡석불좌상: 보리사가 있는 탑골마을 옥룡암식당 앞→양지마을 쪽 350m 가면 길 왼쪽 공터→공터서 산길 따라 300m 정도 오르면 대숲길→오른쪽 감실부처 표지판→약 20m 감실부처

파랑새는 왜 관음보살 눈동자를 그리지 않았을까?

월출산 도갑사와 무위사

나는 지난달 24일 통영여고에서 국사를 가르치는 김건선 선생님 부부, 유치원에서 놀이 수학을 지도하는 조수미씨, 강아지 미구美狗로 가까워진 한정국 선생님과 함께 전라도 강진과 영암군 나들이를 했다. 오전 8시에 마산을 출발한 우리 일행이 강진군 무위사無爲寺, 전남 강진군 성전면 월하리에 도착한 시간은 11시 40분께였다.

원효대사가 신라 진평왕 39년617에 관음사라는 이름으로 처음 지었다는 무위사. 해탈문으로 들어서자 따뜻한 햇살이 내려앉은 한적하고 단아한 풍경이 포근한 느낌을 주었다. "반야심경의 중심 사상을 이루는 '색즉시공공즉시색色卽是空空卽是色' 에 나타나는 공空의 개념으로 무위無爲를 받아들이면 된다"는 김건선 선생님의 설명이 아니더라도 절집의 이름을 처음 들었을 때부터 왠지 내 마음에 쏙 들었다.

현각 스님은 무위에 대해 〈만행, 하버드에서 화계사까지〉라는 책에서

"아무것도 하지 않는 것이 아니다. 갈망하지 않는 것이다. 싸우지 않는 것이다. 집착하지 않는 것이다. 원하지 않는 것이다. 빈 행위empty action이다"고 말했다. 명예든 돈이든 지위든 항상 무언가를 좇는 우리들의 삶에서 새길 만한 말이 아닌가.

무위사의 기품과 아름다움을 가장 느낄 수 있는 곳은 조선 초기인 세종 12년1430에 지어진 목조건물로 주심포柱心包 형식의 대표적 불전인 극락보전국보 제13호일 것이다. 앞면 3칸, 옆면 3칸 크기에 배흘림기둥을 세우고 옆면에서 볼 때 사람 인人 자 모양인 맞배지붕을 하고 있는 극락보전은 무엇보다 사찰 벽화의 보고寶庫라는 점에서 내게 더욱 매력적으로 와 닿았다.

극락보전 안에 그려진 벽화가 무려 29점이나 된다 하니 그저 상상만 해도 놀라운 일이다. 그러나 벽화 보존을 위해 조선 성종 7년1476에 그려진 것으로 추정되는 아미타후불벽화보물 제1313호와 그 뒷면 그림인 백의관음도보물 제1314호만 그곳에 두고 나머지 벽화들은 통째로 들어내어 성보박물관에 진열해 놓았다.

고려 불화의 전통을 이어받은 아미타후불벽화는 150cm 정도의 장대한 목조아미타삼존불좌상보물 제1312호 뒤로 따로 세워진 토벽에 그려져 있다. 뒷면 벽화인 백의관음도에는 당당한 체구에 흰 옷자락을 휘날리며 두 손을 앞으로 엇갈리게 모으고 오른손에는 버들가지, 왼손에는 정병을 들고 서 있는 백의관음보살이 그려져 있었다. 그 아래쪽에 관음보살을 향해 무릎을 꿇은 채 두 손을 벌려 손뼉을 치고 있는 듯한 노비구老比丘의 모습을 하고 있는 선재동자善財童子 또한 인상적이다.

무위사 벽화에는 흥미로운 파랑새의 전설이 전해지고 있다. 어느 날 행색이 초라한 노스님이 찾아와 극락보전 벽화를 그리고 싶다며 주지 스님에게 49일 동안 법당 안을 들여다보지 말아 달라고 당부를 드렸다. 그러나 49

일째 되는 날, 주지 스님이 하도 궁금해서 몰래 들여다보자 입에 붓을 물고 날아다니며 그림을 그리던 한 마리 파랑새가 인기척을 느끼고 어디론가 날아가 버렸다는 거다. 그래서 관음보살의 눈동자가 그려지지 못한 채 지금도 미완으로 남아 있다는 이야기이다. 그 파랑새는 어디로 날아갔을까.

우리는 예스러운 무위사에서 나와 이제 신라 말 도선국사가 세웠다고 전해지는 도갑사전남 영암군 군서면 도갑리로 향했다. 영암으로 가는 도중에 식당에 들러 점심을 먹고 오후 2시께 도착했다. 그런데 우리는 이미 차창 밖 너른 벌판에 한 폭의 수묵화처럼 펼쳐진 월출산의 그윽한 아름다움에 매혹되어 마음이 들떠 있었다.

정겨운 돌계단을 딛고 올라가 국보 제50호인 해탈문을 지나갔다. 해탈문이 국보로 지정되어 있어 왠지 신기한 느낌이 들었다. 도갑사 경내에 주춧돌을 한데 모아둔 곳도 눈길을 끌었다. 지난 1977년에 참배객들의 부주의로 대웅보전이 불타는 비운을 겪었다 하더니 그 흔적들인지 모르겠다.

우리는 작은 통나무배 같이 생긴 석조전남유형문화재 제150호로 갔다. 조선 숙종 8년1682에 화강암으로 만든 것으로 길쭉하고 네모난 돌 안을 파내 물을 담아서 쓰던 돌그릇이다. 길이가 5m 정도에 달하는 석조의 크기로 도갑사가 큰 절이었음을 알 수 있었다. 게다가 물맛 또한 참으로 달고 맛있다. 월출산 산행을 다녀온 등산객들도 거기에서 잠시 목을 축이고 갔다.

도갑사 미륵전에는 미륵은 없고 석가를 모셔 놓았다. 몸체와 광배光背가 하나의 돌로 조각되어 마치 바위에 불상을 직접 새긴 마애불 같은 느낌을 주는 석조여래좌상보물 제89호으로 고려 시대의 화강암 불상이다. 무위사 벽화들과 마찬가지로 석조여래좌상도 사진 촬영이 금지되어 있다. 그나마 꽃무늬가 예쁜 미륵전 문짝 사진을 찍으면서 아쉬움을 달랬다.

국보 제50호인 도갑사 해탈문

우리는 미륵전에서 내려와 도선·수미비각으로 가서 도선국사와 도갑사를 크게 중창한 수미선사를 추모하는 도선·수미비보물 제1395호를 살펴보았다. 영암에서 태어난 도선국사는 15세 때 불가에 출가한 뒤 중국에 가서 풍수지리를 공부하고 돌아와 문수사 터에 도갑사를 세운 분이다.

비각 창살 때문에 도선·수미비를 가까이에서 볼 수 없었고 사진도 찍기 어려웠지만, 연꽃잎이 아래로 흘러내리다 끝이 또르르 말려 있는 모습 등 조각이 참으로 정교하고 생동감이 넘쳤다. 조선 인조 14년1636부터 효종 4년1653까지 17년이나 공을 들여 세운 비라고 한다. 더욱이 여의주를 입에 문 채 비석을 받치고 있는 돌거북의 거대한 모습에 깜짝 놀랐다.

큰 절에 가면 이상스레 부도밭에 발길이 닿는다. 마음에 스치는 세월의 바람을 느끼면서 깊은 영혼의 울림을 듣고 싶은 것일까. 아쉬움 속에 월출산 자락에 있는 도갑사와 무위사를 뒤로하고 마산으로 향하는 차 안에서 피곤했는지 나도 모르게 잠이 들었다. 얼마 지나지 않아 일행들의 이야기 소리에 그만 잠을 깼다. 차창 밖을 내다보니 짙은 어둠이 내려앉은 묵묵한 산을 배경으로 달이 휘영청 떠 있다. 그리고 내 마음밭에도 어느새 아름다운 월출산月出山이 따라와 앉아 있음을 느낄 수 있었다. _2007. 12. 3

■찾아가는 길
•호남고속도로 광산 I.C→13번 국도→(53km)→송정. 나주 거쳐 영암 라이온스탑 앞 삼거리→왼쪽 13번 국도→(1km)→오리정 오거리→불티재→강진, 해남 방면→백운교 지나 오른쪽으로 무위사 진입로→(3.3km)→무위사
•서울→광주→영암→도갑사 /서울→목포→(국도 2번) 독천→도갑사(서해안고속도로 이용시) / 광주→(국도 13번) 나주→영암→도갑사

땅끝 해돋이를 보며 만세 부르고 싶었다!
전남 해남군 땅끝과 달마산 미황사 여행을 떠나다

 지난 25일 하루 동안 가까이 지내는 사람들과 전남 해남과 강진군 여행을 다녀왔다. 일행은 나를 포함해서 통영여고에서 국사를 가르치는 김건선 선생님 부부, 작곡가 고승하 선생님의 아내인 김명숙, 유치원에서 놀이 수학을 가르치는 조수미와 그림을 그리는 박임숙씨로 모두 여섯 명이었다.

 우리는 한반도 최남단의 땅끝전남 해남군 송지면에서 해돋이를 본다는 설렘 속에 24일 밤 열두 시께 약속 장소에 모였다. 도시가 잠든 깊은 밤에 떠나는 여행은 마치 시간을 덤으로 더 얻은 기분이 들어 마음이 더욱 설레었다. 우리는 짙은 어둠이 내려앉은 밤길을 자동차 헤드라이트로 비추며 마산을 점점 벗어나기 시작했다. 자동차 안에 감미롭게 흐르는 노래가 가슴 속으로 녹녹히 스며들고, 이따금 잠에 곯아떨어진 나를 밤하늘의 반짝이는 별들이 흔들어 깨우는 듯했다.

 섬을 제외하면 북위 34도 17분 21초의 갈두산사자봉 땅끝이 우리나라 맨

땅끝 해돋이. 나는 하나뿐인 해를 바라보며 만세를 부르고 싶었다.

끝에 있는 땅이다. 우리가 땅끝에 이른 시간은 새벽 5시 30분께. 자동차 안에서 1시간쯤 더 기다렸다가 땅끝 전망대를 향했다. 차츰 엷어져 가는 어둠을 가르며 갈두산(156.2m) 꼭대기에 이르니 봉수대가 보였다. 봉수대(烽燧)는 낮에는 연기로, 밤에는 횃불로 나라의 위급한 상황을 알려 적의 침략에 대비하게 했던 통신 제도로 원형을 알아보기 어려울 만큼 파괴되어 있던 봉수대를 복원해 놓았다.

땅끝의 아침을 여는 장엄하고 화려한 해돋이를 보려고 기다리는 사람들이 전망대 군데군데에 있었다. 나도 그 벅찬 감동을 기대하며 느긋한 마음으로 기다렸다. 그날따라 살갗을 파고드는 매서운 바람이 불어 몹시 추웠다. 그래도 하얀 뱃길을 내며 바다를 가르는 작은 배와 잠에서 깨어나는 하늘에 기나긴 선을 그으며 저만치 사라져 가는 비행기의 정겨운 풍경에 추위마저 잊었다.

갑자기 누군가 해가 나온다고 소리를 질렀다. 바로 눈앞에 시뻘건 해가 떠오르는 황홀한 시간은 축복이었다. 늘 맞이하는 아침인데도 그날 아침은 특별하고 새로운 느낌으로 내게 다가왔다. 조금 전 비행기가 남겨 놓은 하얀 길도 어느새 붉게 물들었다.

멍청이들이 정신을 번쩍 차리도록 한꺼번에 백 개의 해가 떠오르면 좋겠다는 화가 김점선의 글이 문득 생각났다. 그는 어떤 사람들을 머릿속에 그리며 멍청이라고 표현했을까. 어쨌든 그의 말처럼 힘들다고 징징 울지 말고 하나뿐인 해를 바라보며 두 팔을 하늘 높이 쳐들고 만세를 부르고 싶었다. 우리나라 만세! 땅끝 해돋이 만세! 우리의 처절한 삶 만세!

수묵처럼 스며가는 정
한 가슴 벅찬 마음 먼 발치로

백두에서 땅끝까지 손을 흔들게.
수천 년 지켜온 땅끝에 서서
수만 년 지켜갈 땅끝에 서서
꽃밭에 바람 일듯 손을 흔들게.

땅끝탑에 새겨진 손광은의 시를 음미하며 우리는 달마산 미황사를 향해 또 달렸다.

달마산 서쪽 자락에 자리 잡은 미황사해남군 송지면 서정리는 우리나라 육지의 최남단에 있는 절로 신라 경덕왕 8년749에 의조화상이 세웠다고 전해진다. 미황사美黃寺의 창건 설화에는 지금의 인도인 우전국 왕이었다는 금인金人이 등장한다.

달마산 꼭대기를 바라보고 부처님을 모시러 왔다는 그가 의조화상의 꿈에 나타나 경전과 불상을 소에 싣고 가다 소가 누웠다 일어나지 않는 자리에 부처님을 모시라고 말해 주었다. 그래서 소가 서쪽을 향해 아름다운 소리로 세 번 길게 울고 누운 골짜기에 미황사를 짓게 되었다고 한다. 미황사의 '미美'는 소의 아름다운 울음소리를 취한 것이고 '황黃'은 금인의 황홀한 빛을 취한 것이다.

우리는 동백나무 길을 지나 미황사 대웅전보물 제947호에 이르렀다. 조선시대의 목조 건물로 벗겨진 단청이 도리어 담백한 느낌을 주면서 은은한 나무 향기가 코끝으로 전해지는 듯한 아름다운 대웅전이었다. 대웅전 공포의 용머리 장식을 올려다보니 하나는 여의주를 입에 물고 있는데 하나는 여의주가 보이지 않았다. 어떤 깊은 의미가 있는 걸까.

그리고 둥근 주춧돌을 눈여겨보라는 김건선 선생님의 말에 자세히 들여다보니 바다에 사는 거북과 게 등이 조각되어 있었다. 그것은 어쩌면 우리나라 불교가 남쪽의 바닷길을 통해 들어왔다는 견해를 뒷받침하는 것은 아닐까. 미황사의 창건 설화에 등장하는 금인이 돌로 만든 배를 타고 달마산 아래 포구에 닿았다고 전해지는 이야기와도 맥을 같이하는 듯하다.

미황사 부도밭으로 가는 길에는 가을 햇살이 비스듬히 내려앉았다. 동백나무 묘목을 열심히 심고 있는 인부들의 얼굴에는 생기가 넘쳐흘렀다. 시끄러운 수다가 오히려 머쓱한, 그 호젓한 길을 걸어가니 기분이 참 상쾌했다. 그런데 부도밭을 찾지 않고 미황사를 갔다 왔다고는 말할 수 없을 것 같다. 미황사의 숨은 멋은 바로 고승이 잠든 고색창연한 부도밭과 그 주변 경치에 있다는 걸 곧 알게 되었다.

한가한 걸음으로 걸어가다 모퉁이를 막 돌자 수려한 달마산 아래로 울긋불긋 단풍 든 나무들이 어우러진 늦가을의 아름다운 풍경이 마치 영화의 한 장면처럼 눈앞에 펼쳐졌다. 그 순간 모두의 입에서 절로 환호성이 터져 나왔다. 부도浮屠에 새겨진 문양 또한 인상적이었다. 연꽃과 용 등의 문양도 있지만 거북, 게, 오리, 물고기 등 바다의 생물이 새겨져 있었다. 어쩌면 그것 또한 바닷길을 통해 불법佛法이 들어왔다는 미황사의 창건 설화와 관련이 있지 않을까.

우리 일행은 11시 30분께 미황사를 떠나 두륜산 대흥사해남군 삼산면 구림리를 향해 달렸다. 매표소에서 대흥사로 들어가는 십리 숲길은 참 아름답다. 흙길을 밟자는 김건선 선생님의 제안으로 우리는 군데군데 동백나무가 있고 맑은 물소리가 들리는 숲길로 들어섰다.

얼마 후 또 한 사람이 다리를 건너네
빠른 걸음으로 지나서 어느새 자취도 없고

달마산 미황사의 아름다운 대웅보전(보물 제947호)

그가 지나고 난 다리만 혼자 허전하게 남아 있네

다리를 빨리 지나가는 사람은 다리를 외롭게 하는 사람이네

　-이성선의 '다리' 일부

　숲길에 있는 징검다리와 흔들다리를 건너며 우리 모두 어린아이들처럼
몹시 즐거워했다. 우리는 흔들다리 위에서 멋진 포즈를 잡고 사진을 찍는
다고 한참 웃어 댔다. 흔들거리는 다리 위를 걸어가는 우리 몸도 즐겁게 흔
들렸다._2006. 11. 30

■찾아가는 길
•(서울)경부고속도로→천안 분기점서 천안-논산고속도로 이용→호남고속도로→광주→광주 톨게이트 빠
져나와 동림 I.C 조금 못가서 나주 가는 길→나주→영암→해남
•(부산) 남해고속도로→순천 I.C→고속도로 빠져나와 벌교→보성→장흥→강진→해남

176

정약용을 만난 후 가을을 떠나보내다
전남 해남 대흥사와 강진 다산초당 여행

지난달 25일 우리 일행은 대흥사전남 해남군 삼산면 구림리로 들어가는 십리 숲길의 늦가을 풍경에 흠뻑 취했다. 샛노랗고 빨갛게 단풍이 들어 하염없이 걷고 싶은 그 길에서 나는 가을이 오래 머물고 있음에 감사했다. 바람결에 마른 나뭇잎들이 햇빛 안고 찰랑찰랑 떨어질 때마다 모두의 입에서는 환호성이 터져 나왔다. 두륜산 대흥사大興寺는 지난 1992년에 대둔사大芚寺라는 본래 이름을 되찾았다가 최근 다시 대흥사로 부르고 있다. 그리고 아도화상이 절을 세웠다는 둥 신라의 승려 정관이 세운 만일암이 기원이라는 둥 창건 설화는 구구하지만 정확한 창건 시점은 알 수 없다.

대흥사를 찾게 되면 가장 먼저 눈길이 가는 곳이 고승들의 사리탑과 비석이 죽 늘어선 넓은 부도밭이다. 그것은 그 절이 13대종사大宗師와 13대강사大講師를 배출한 조선의 명찰名刹이었음을 말해 주고 있다. 어떻게 해서 국토 남단에 위치한 지방의 절집이 조선 불교의 중심 도량으로 크게 일어날

아름다운 대흥사 십리 숲길

수 있었을까. 임진왜란 때 73세의 노구로 승병을 이끌고 나라에 공을 세웠던 서산대사의 유언에 의해 그곳에 그의 가사袈裟와 바리때가 전해지게 된 것이 중요한 계기가 된 것 같다.

대흥사의 부도밭은 미황사와 달리 문을 내어 함부로 드나들지 못하게 잠가 놓았다. 그래서 긴 담장 너머로 볼 수밖에 없었는데, 얼마 걷지 않아 생각지도 않게 일찍 얼굴을 내민 붉은 동백꽃을 보고 그 아쉬움을 달랬다. 우리는 무지개 모양의 홍예다리를 건너 대웅전에 들어섰다. 나는 조선 후기의 명필인 원교 이광사가 쓴 대웅전 현판을 감상한 뒤 건물 앞면의 기둥 위쪽에 있는 용머리 장식들을 올려다보았다. 용머리 장식들이 똑같은 모양이 아니고 눈의 높이를 달리 해서 변화를 준 것이 참 인상적이었다.

그런데 대웅전 분합문짝의 태극 문양은 왠지 고개가 갸우뚱해진다. 과연 절에서는 태극 문양을 어떤 의미로 받아들였을까. 대웅전 안의 기둥도 나무를 매끄럽게 다듬지 않고 생긴 그대로 자연스러운 모양으로 세운 것이 보기에 좋았다. 그리고 봉황이 보살을 업고 있는 듯한 모습에서 나는 번뇌가 없는 극락세계의 행복한 삶을 떠올려 보았다.

이번 여행에서 친절한 안내자 역할을 한 김건선통영여고 선생님의 제안으로 우리는 홍예다리 아래로 잠시 내려갔다. 그 다리 뒤로 펼쳐진 낙엽 깔린 갈색 가을이 내 가슴속으로 촉촉이 스며들었다.

우리는 오후 2시 50분께 대흥사를 떠나 다산茶山 정약용의 18년 유배지인 강진땅에 위치한 다산초당전남 강진군 도암면 만덕리으로 달렸다. 다산초당茶山草堂은 다산이 1808년 봄부터 1818년 유배 생활에서 풀려날 때까지 10년 남짓 기거하며 〈목민심서牧民心書〉〈경세유표經世遺表〉 등 숱한 책을 저술한 곳이다.

굴동마을에서 실학사상의 산실이라 할 수 있는 다산초당으로 가는 오르막길은 솔밭과 빽빽이 들어선 대나무들로 어두워 귀양살이의 깊은 외로움이 배어 있는 듯했다. 다산의 기나긴 유배 생활은 정조가 죽고 1801년 나이 어린 순조가 왕위에 오르면서 관직에 대거 진출한 노론의 벽파가 일으켰던 신유사옥辛酉邪獄 때문이었다.

신유박해라고도 하는 그 사건으로 시파의 많은 천주교인들이 처형되고 유배되는 등 변을 당했고 다산은 그때 경상도 장기로 유배되었다. 그런데 뒤이어 터진 조카사위 황사영의 백서帛書 사건으로 그는 귀양살이를 강진으로 옮기게 됐다. 다산이 강진읍내 동문 밖 주막집, 보은산방高聲寺 등을 거쳐 다산초당으로 오게 된 것은 해남 윤씨 집안인 외가 쪽 친척 되는 윤단의 배려였다고 한다.

그런데 그곳에 이르자 조그마한 초가집이 아니라 번듯한 집이 우리를 반겨 힘든 귀양살이에 어울리지 않는 호사로움과 편안함이 느껴져 어색했다. 생전의 초가가 허물어져 1958년에 강진 다산유적보존회에서 집을 새로 지었다고 한다. 마당에는 다조라고 부르는 평평한 돌이 놓여 있는데 다산은 그 돌을 부뚜막 삼아 솔방울로 불을 지펴 차를 끓여 마셨다. 그리고 그는 연못을 파서 넓히기도 하고 탐진강가에서 주운 돌로 연못 가운데 조그만 봉을 쌓았다. 산에서 흐르는 물도 대나무로 만든 홈통을 거쳐 연못으로 떨어지게 하여 비류폭포라 이름 짓기도 했다.

큼직한 바위에 다산이 손수 새겼다는 정석丁石이란 두 글자를 본 후 나는 동암을 지나 천일각으로 올라갔다. 다산의 뜨거운 눈물이 느껴지는 곳이 천일각이다. 가족과 흑산도로 유배된 둘째 형 정약전이 그리울 때면 거기에 수없이 올라가 멀리 강진만을 바라보며 그는 아픈 가슴을 달랬을 것이다.

천일각이라 부르는 누각은 다산이 귀양살이했을 당시에는 없던 것으로 1975년에 강진군에서 세웠다. 천일각에서 오솔길 따라 걸어가면 백련사에 이르게 된다. 다산은 그 길을 통해 당시 백련사에 있던 혜장스님을 만나 학문과 우정을 나누었다. 대흥사의 12대강사인 혜장스님과의 인연으로 다산이 차를 즐겨 마시게 되었다고 전해지며, 다도를 수행의 방편으로 삼은 '다선일미茶禪一味' 사상을 폈던 일지암의 초의선사와의 교분도 두터웠다. 초의선사는 자신의 명성이 높아지자 은거에 뜻을 두고 대흥사에서 두륜봉 쪽으로 40분 정도 걸리는 산 중턱에 일지암을 짓고 40여 년 동안 기거했다고 한다.

버려야 할 것이
무엇인지를 아는 순간부터
나무는 가장 아름답게 불탄다

제 삶의 이유였던 것
제 몸의 전부였던 것
아낌없이 버리기로 결심하면서
나무는 생의 절정에 선다

– 도종환 '단풍 드는 날' 일부

우리 일행은 전남 보성군에 있는 식당에 들러 맛있는 저녁을 하고 마산을 향해 깊은 어둠 속으로 달리기 시작했다. 나는 마음속으로 도종환 시인의 '단풍 드는 날'을 천천히 읊으며 이제 가을을 떠나보낼 채비를 했다.
_2006. 12. 4

남도 답사 일번지에서 추억을 쌓다
강진 영랑 생가, 백련사와 다산초당 방문기

지난해 내가 근무하는 중학교에서 전교생을 대상으로 '독서 및 시 경시대회'를 열었다. 그 결과 분야별로 우수한 학생들과 학급을 뽑아 지난 5일 전라남도 강진군 여행을 떠나게 되었다. 나는 지난해 11월에 이어 개인적으로 두 번째 강진 여행인데다 그때 못갔던 영랑 생가와 백련사에 가게 된다는 것만으로도 몹시 마음이 설레었다.

아침 8시 마산을 출발한 우리 일행은 11시 30분께 영랑 생가_{지방기념물 제89호, 강진군 강진읍 남성리}를 찾았다. 〈모란이 피기까지는〉〈내 마음을 아실 이〉와 같은 섬세하고 영롱한 서정시로 '북도의 소월, 남도의 영랑'이라는 말과 함께 사랑을 받았던 시인 김영랑. 그의 본명은 김윤식으로 1903년에 강진에서 태어났고 1930년 박용철, 정지용 등과 〈시문학〉을 창간하면서 화려하게 등단을 했다.

영랑 생가 앞에 있는 시비. 영랑의 시 〈모란이 피기까지는〉이 새겨져 있다.

'오-매 단풍 들것네'
장광에 골불은 감잎 날아오아
누이는 놀란 듯이 치어다보며
오-매 단풍 들것네

　　　－ 김영랑의 '오-매 단풍 들것네' 일부

　영랑 생가에 들어서니 남도의 정취를 자아내는 해묵은 동백나무와 푸른 대밭이 눈길을 끌었다. 그리고 겨울이라 꽃은 피지 않았지만 모란이 보이고 영랑 시의 소재가 되기도 했던 장독대와 우물 등이 복원되어 있었다. 나는 정겨운 장독대에서 어느 날 장독 뚜껑을 열다 툭 떨어져 내린 감잎을 보며 문득 가을이 왔음에 화들짝 놀라는 그의 착한 누이 모습을 그려 보았다. 구수한 전라도 사투리로 그녀가 '오매 단풍 들것네' 하며 속삭이는 소리가 들리는 듯 귀를 쫑긋 세우며.

　교과서에 갇혀 있던 김영랑 시인이 이 세상으로 뚜벅뚜벅 걸어 나온 느낌이라고 할까. 그곳에서 교과서를 통해 막연하게 알고 있던 시인의 숨결을 점차 느끼게 되면서 학생들의 표정도 자못 진지해져 갔다. 나는 마당에 복원해 놓은 우물 앞에서 그의 '마당 앞 맑은 새암' 이란 시도 천천히 음미했다. 그러자 별이 총총한 맑은 샘을 들여다보는 그의 환한 얼굴이 떠올랐다.

　우리는 만덕산 백련사강진군 도암면 만덕리로 가기 위해 영랑 생가를 나섰다. 고즈넉한 그곳 풍경에 젖어 있다 갑자기 영랑 생가 주변의 어수선한 동네 분위기에 마치 서로 섞이기 어려운, 이질적인 두 세계가 바로 맞붙어 있는 것 같은 안타까운 마음이 들었다.

나는 백련사라 하면 다산 정약용이 강진 유배 시절 학문과 우정을 나누었던 혜장스님이 먼저 떠오른다. 혜장스님은 대흥사 12대강사大講師로 기록되고 있는 큰스님이다. 그 당시 백련사 주지로 있던 혜장스님과의 인연으로 다산이 차를 즐겨 마시게 되었다 한다. 839년신라 문성왕 1 무염선사가 세웠다는 백련사白蓮寺는 원묘스님이 백련결사白蓮結社를 일으켰던 절로 고려 후기에 8명의 국사를 배출한 유서 깊은 명찰이었다.

우리는 울창한 동백숲천연기념물 제151호 한가운데로 난 길을 따라 걸어 올라갔다. 그 길에는 진초록 잎 사이로 선홍색 동백꽃이 드문드문 얼굴을 내밀고 있었다. 그래도 벌써 통째로 떨어져 빨갛게 풀밭을 물들이고 있는 동백꽃송이도 이따금 보였다. 나는 붉디붉은 동백꽃이 저마다 탐스런 얼굴을 내미는 아름다운 절정의 순간을 상상하니 머리가 어찔했다.

네가 있어
겨울에도
춥지 않구나

빛나는 잎새마다
쏟아 놓은
해를 닮은
웃음소리

하얀 눈 내리는 날
붉게 토해내는
너의 사랑 이야기

　　　　　　　　　　　　　　　　　　　　　－ 이해인의 '동백꽃에게' 일부

　　백련사 만경루와 대웅보전의 현판은 명필 원교 이광사의 글씨이다. 추
녀마다 활주를 세워 건물을 받치고 있는 대웅보전지방유형문화재 제136호을 지나
나는 백련사 사적비를 보러 갔다. 백련사 사적비보물 제1396호의 귀부는 고려
시대, 비신碑身과 이수는 조선 숙종 7년1681에 만든 것으로 건립 연대가 서로
다르다. 귀부의 용두龍頭를 눈여겨보니 아래위 일곱 개의 이빨을 가지런히
드러낸 입 모습에다 길게 수염이 흘러 목주름까지 늘어져 있는 게 인상적
이었다. 게다가 비신의 측면에는 초화문草花紋이 양각되어 아름다웠다.

　　우리는 1808년 봄부터 1818년 정약용이 유배 생활에서 풀려날 때까지 10
년 남짓 살았던, 실학사상의 산실인 다산초당을 향했다. 지난해 11월에도
갔던 곳이라 마음이 한결 느긋해졌다. 우리는 일단 점심을 먹고 낮 2시 20
분께 다산유물전시관을 거쳐 새 길을 따라 걸어갔다.

　　나는 빽빽이 대나무가 들어선 비탈길을 오르다 윤종진의 묘로 갔다. 그
는 해남 윤씨 집안으로 다산의 외가 쪽 친척인 윤단의 손자이다. 윤단은 정
약용이 다산초당에서 지낼 수 있도록 배려해 준 분이다. 윤종진의 무덤 앞
에는 야무지게 생긴 키 작은 동자석이 마주 보고 서 있는데 한번 들러 감상
해 볼 만하다.

　　연못 가운데 조그만 봉을 쌓은 연지석가산蓮池石假山을 지나 다산이 〈목민
심서牧民心書〉 〈경세유표經世遺表〉 등 숱한 저술을 하며 거처했던 동암으로 갔
다. 강진군에서 복원해 놓은 그곳에는 눈길을 끄는 현판 두 개가 걸려 있다.
즉 다산의 글씨를 집자集字한 '다산동암茶山東菴'과 추사 김정희의 글씨인 '보
정산방寶丁山房'이란 현판으로 한번 서체를 비교해 보는 것도 재미가 있을 것

186

이다.

나는 다산초당을 떠나는 길에 강진만 구강포가 내려다보이는 천일각에서 800m 정도 거리인 백련사에 이르는 오솔길을 바라보았다. 그 길에서 혜장스님을 만나러 다니던 정약용의 외로움을 보는 듯했다. 그날 마산으로 돌아가는 버스 안에서 우리 학생들은 김영랑의 '모란이 피기까지는'을 암송했다. 모두들 이번 여행이 짧지만 잊지 못할 좋은 추억거리라고 즐거워했다. _2007. 1. 6

■찾아가는 길
•백련사: (서울) 서해안고속도로 이용(목포 톨게이트서 영암, 강진 방면 40분 소요, 총 5시간 소요) /(부산) 남해고속도로 이용(순천 톨게이트서 벌교, 보성, 장흥 경유 1시간 20분 소요, 총 5시간 소요)

꽃샘바람에 실려 왁자지껄 떠난 봄 나들이
쌍계사, 연곡사, 화엄사 돌아 화개장터까지

나는 지난 10일 직장 동료 둘과 통영여고에서 역사를 가르치는 김건선 선생님 부부, 유치원에서 놀이 수학을 지도하는 조수미씨, 이번 학기부터 우리 학생들과 영어 수업을 하게 된 케빈 알스파_{Kevin Alspaugh} 부부와 봄 나들이를 했다.

오전 8시에 마산을 출발한 우리 일행은 하동 쌍계사를 향해 달리다 남강 휴게소에 잠시 들러 따끈한 호떡으로 출출한 배를 채웠다. 두 개의 계곡이 만나는 곳에 자리 잡은 쌍계사_{雙磎寺, 경남 하동군 화개면 운수리} 주차장에 도착한 시간은 오전 10시 40분께였다.

2004년 12월에 시작된 대웅전 보수공사가 올 1월 말에 마무리되었다는 반가운 소식을 듣고 자꾸 몸을 움츠러들게 하는 소소리바람에도 내 마음은 벌써 그곳에 가 있었다. 지난해 여름 지리산 삼신봉 산행 길에 잠시 들렀을 때 한창 대웅전 보수공사를 하고 있던 일이 문득 생각나서였다. 쌍계사 가는 길에 김건선 선생님이 사 준 색다른 호떡 맛도 일품이었다. 어떻게 구웠는지 기름기 없이 담백하면서 구수한 맛에 모두들 맛있다고 아이들처럼 좋아했다. 그렇게 10분 남짓 걸었을까. 어느새 쌍계사 일주문에 이르렀다.

우리는 금강문, 천왕문을 거쳐 우리나라 범패梵唄가 처음 만들어지고 이름난 범패의 명인들을 배출한 팔영루를 지나서 진감선사대공탑비국보 제47호 앞에 섰다. 그것은 통일신라 후기의 선승禪僧인 진감선사를 기리는 탑비로 당대의 걸출한 문장가인 최치원이 비문을 짓고 글씨도 썼다. 중국에서 불교음악을 공부하고 돌아와 우리 민족에 맞는 범패梵唄를 만든 진감선사 혜소는 범패를 통해 선 사상을 널리 알린 분이다.

진감선사대공탑비는 거북받침돌, 머릿돌과 몸돌을 모두 갖추고는 있지만 몸돌이 금이 가고 깨어지기도 했다. 그 흠집을 여순사건과 한국전쟁 때 총탄의 흔적으로 보는 견해도 있어 마음이 아팠다. 그래도 긴 보수공사 끝에 곱게 단장한 대웅전보물 제500호을 바라보니 반갑기 그지없었다. 생긴 모양 그대로 자연스레 놓여진 주춧돌에 맞춰 나무를 다듬어 세운 대웅전 기둥 하나에도 우리 조상의 세심한 마음이 전해지는 듯하여 잔잔한 감동이 밀려왔다.

우리는 하동 쌍계사를 떠나 지리산 피아골 입구에 자리한 구례 연곡사전남 구례군 토지면 내동리로 향했다. 화엄사를 창건한 연기조사緣起祖師에 의해 세워졌다고 전해지는 연곡사는 아늑하고 포근한 첫인상과는 달리 우리 역사의 비극적인 사건들을 과거 속으로 묻어 두고 있는 절이다.

정유재란 때 불탄 기록이 남아 있고, 명성황후가 시해된 을미사변이 일어나자 의병을 일으킨 고광순 의병장이 연곡사를 본영으로 삼고 일본군과 싸웠던 1907년에도 불타 버려 잿더미가 되었다. 그 후 한국전쟁 때 다시 폐사가 되어 대적광전을 비롯하여 그 절의 역사役事가 대부분 최근에 이루어졌다 한다.

우리는 대적광전을 둘러보고 곧장 동부도와 동부도비가 있는 곳으로 갔다. 연곡사 동부도를 보자 지난해 화순 쌍봉사전남 화순군 이양면 증리에 놀러가서 철감선사탑국보 제57호의 정교한 아름다움에 폭 빠졌던 일이 떠올랐다. 쌍봉사 철감선사탑에 못지 않는 아름다움을 지닌 연곡사 동부도東浮屠, 국보 제53호는 통일신라 후기를 대표할 만한 걸작품으로 평가를 받고 있지만 어느 스님의 부도인지 모른다고 한다. 동부도의 윗받침돌에는 극락에 사는 새로 아름다운 울음소리를 지닌 가릉빈가를 새기고 지붕돌에는 서까래와 기와의 골, 기와를 끝맺음 할 때 두는 막새기와까지 정교하게 표현해 놓았다.

새 날개 모양의 무늬를 받침돌 등에 조각하고 등뼈까지 선명하게 표현한 동부도비東浮屠碑, 보물 제153호도 참 인상적이었다. 동부도 앞쪽에 있는 그 비는 몸돌은 없고 받침돌과 머릿돌만이 남아 있다. 거기서 비탈진 길을 따라 올라가면 고려 시대에 세운 것으로 여겨지는 북부도北浮屠, 국보 제54호를 볼 수 있다. 북부도는 동부도를 본떠 만든 것으로 보일 만큼 그 형태와 크기가 거의 같은데 분위기는 아주 달랐다.

우리는 지리산 자락에 있는 화엄사 부근 식당에서 점심으로 맛있는 갈치정식을 했다. 한국에 온 지 보름밖에 되지 않은 케빈과 그의 부인 타이스Thais Alspaugh는 젓가락질이 서투른 건 말할 것도 없고 방바닥에 앉아서 식사하는 것부터 몹시 불편해 보였지만 즐겁게 우리와 어울렸다.

연기조사가 세웠다고 전해지는 화엄사華嚴寺, 전남 구례군 마산면 황전리에 이른 시간은 낮 3시께. 화엄사의 경내에 들어서자 나는 가슴이 터질 듯한 감동이 일었다. 웅장한 아름다움으로 먼저 눈길을 끄는 각황전覺皇殿, 국보 제 67호은 2층의 다포식 건물로 내부는 위·아래층이 트여 있다. 고색창연한 각황전 앞에는 높이가 6.4m로 우리나라에서 가장 큰 석등石燈, 국보 제12호이 있는데,

화엄사 사사자삼층석탑(국보 제35호). 화엄사를 세웠다는 연기조사의 어머니에 얽힌 전설이 전해지고 있다.

통일신라 시대 후기에 유행했던 장구 모양의 특이한 기둥 형태를 볼 수 있었다.

만약 화엄사에 가서 연기조사의 어머니에 얽힌 전설을 지닌 사사자삼층석탑四獅子三層石塔, 국보 제35호을 보지 않았다면 차라리 화엄사에 갔다고 말하지 않는 게 나을 것이다. 그 탑은 2단의 기단基壇 위에 3층의 탑신을 올린 형태인데 위층 기단을 꼭 눈여겨봐야 한다. 각 모퉁이에 기둥 삼아 세워 놓은 암수 네 마리의 사자들 가운데 두 손을 합장하며 서 있는 스님 상이 바로 연기조사의 어머니라고 전해지고 있다. 그리고 탑을 향해 꿇어앉아 있는 스님 상은 석등을 이고 어머니께 차를 공양하는 연기조사의 지극한 효성을 표현한 것이라 한다.

웅장미로 내 마음을 단박에 사로잡은 구례 화엄사와 샛노란 산수유꽃을 뒤로하고 경상남도와 전라남도를 이어 주는 화개장터경남 하동군 화개면 탑리로 달려 갔다. 조영남의 노래 가사처럼 경상도 사투리와 전라도 사투리가 왁자지껄한 시골 장터이다. 그날 인심이 훈훈한 화개장터 구경에 우리 모두 신이 났다. 바람 불어 스산한 이른 봄이다. 구례에서 하동으로 이어지는 섬진강변에도 쌀쌀한 꽃샘바람이 불어 댔다. 화려한 봄날은 소소리바람을 타고 그렇게 감질나게 오는가 보다. _2007. 3. 14

■찾아가는 길
•남원→19번 국도→구례읍→구례 서시교에서 하동 방면 19번 국도→화개장터→쌍계사
•남해고속도로 하동 I.C→하동읍, 19번 국도→화개면 탑리 쌍계사 방면 지방도→쌍계사
•서울→대전→전주→남원,춘향터널 지나 오른쪽 순천행 19번 산업국도→밤재터널→20.2km→구례 I.C →19번 국도→냉천 삼거리 좌회전 (18번 국도)→3.5km→마광 삼거리서 직진→2.1km→화엄사
•부산→남해고속도로→하동→19번 국도→하동읍→19번 국도→34.5km→냉천 삼거리→18번 국도 →마광 삼거리서 직진→화엄사

봄비 내리는 날 떠난 서산 나들이
해미읍성, 마애삼존불, 보원사지를 거쳐 개심사까지

　봄날을 재촉하는 듯 봄비가 부슬부슬 내리던 지난 24일 가까이 지내는 사람들과 충남 서산 나들이를 했다. 통영여고에서 역사를 가르치는 김건선 선생님, 유치원에서 놀이 수학을 지도하는 조수미씨와 창원에 살고 있는 김동혁씨 가족이 그날 일행이었다. 그리고 먼 길에도 일곱 살, 네 살 꼬마들이 징징거리지도 않고 함께한 일이 또 다른 즐거움으로 기억되는 여행이었다.

　우리 일행이 마산을 출발한 시간은 아침 6시 45분께. 그날 빗길에 여행을 떠난다는 부담이 있었지만 비가 내리면서 오히려 덤으로 맛보게 된 구름의 멋진 풍경에 모두들 환호성을 지르기도 했다. 호남고속도로 주암휴게소로 가는 길에는 산과 마을로 낮게 내려앉은 구름들로 인해 마치 우리가 구름 속으로 달려가는 것 같았다. 서해안고속도로 군산휴게소를 지나자 잿빛으로 잔뜩 찌푸린 하늘을 가로지르며 새들이 무리를 지어 날아갔다. 하

서산 해미읍성은 조선 시대 읍성 가운데 원형이 가장 잘 보존되어 있다 한다.

늘을 나는 새늘은 어떤 질서에 의해 움직이기에 저토록 아름답게 느껴지는 것일까.

낮 12시 30분이 넘어서야 조선 시대에 축성된 읍성 가운데 가장 그 원형이 잘 보존되었다는 해미읍성사적 제116호, 충남 서산시 해미면 읍내리에 도착했다. 해안 지방에 침입하여 막대한 피해를 입히는 왜구에 대한 방비책으로 조선 태종 17년1417부터 세종 3년1421 사이에 축성된 해미읍성은 병마절도사영兵馬節度使營, 후에 호서좌영으로 내포지방의 군사권을 행사하던 곳이었다고 한다.

적이 쉽사리 접근하지 못하게 성 둘레에 탱자나무를 심어 탱자성이라 부르기도 했던 해미읍성海美邑城은 성벽 높이 4.9m, 성곽 길이 1800m나 되는 큰 규모의 읍성이었다. 우리는 그 규모를 몸으로 느끼고 싶어 그곳에 있는 세 개의 문들 가운데 유일하게 조선시대 모습 그대로 남아 있는 진남루 위로 올라가 성벽을 따라 걸어 보기도 했다.

해미읍성은 고종 3년1866 병인박해 때 수많은 천주교 신자들이 처형을 당한 곳이기도 하다. 읍성 안에 들어서면 호야나무라고 부르는 오래된 회화나무 한 그루가 서 있다. 한恨을 품은 나무라서 그런지 매우 처연하면서도 섬뜩한 느낌마저 들었다. 당시 그 나무에 천주교인들을 철사로 매달아 잔혹하게 죽인 것으로 전해져 내려오는데 지금도 그 흔적으로 철사가 박혀 있다.

우리는 아직도 복원 공사가 계속 진행 중인 해미읍성을 뒤로하고 자동차로 20분 정도 떨어져 있는 서산마애삼존불상국보 제84호, 충남 서산시 운산면 용현리이 있는 곳으로 달렸다. 이미 점심 먹을 시간이 넘었지만 김해에 사는 조수미 씨가 표고버섯, 당근, 치자단무지 등을 넣어 정성껏 만들어 온 주먹밥으로 허기를 채웠다.

'백제의 미소'로 통하는 서산마애삼존불상. 인간미 넘치는 부드러운 미소로 가장 백제적인 얼굴을 가지고 있다는 서산 마애불을 보러 가는 내 가슴은 자꾸 콩닥콩닥 뛰었다. 고풍저수지를 지나 가야산의 용현계곡을 따라 들어가자 한쪽 벼랑에 여래입상을 중심으로 구슬을 손에 쥐고 있는 보살과 반가상의 미륵보살이 협시로 새겨져 있었다.

그러나 보호각이 설치되어 있는데다 고정 상태의 조명이 내리비추고 있어 햇빛의 흐름에 따라 마애불의 미소가 달리 느껴지는 감동을 맛볼 수는 없었다. 주위 환경, 빛과 온도에 따라 몸 색깔이 바뀌는 카멜레온처럼 그 신비한 미소의 변화를 무척이나 기대했는데 못내 아쉬웠다.

그래도 당당한 위엄이 서려 있는 본존불의 미소에서 힘든 중생을 안아 주는 듯한 넉넉함이 느껴지고 따뜻한 미소를 머금은 보살상에서는 세련된 조형 감각도 돋보여 내 마음을 사로잡았다. 6세기 말이나 7세기 초에 만든 것으로 추정하는 서산마애삼존불에 대해 통영여고 김건선 선생님은 "그곳 위치가 백제 때 중국으로 통하는 교통로의 중심지인 태안반도에서 부여로 가는 길목이라 당시 중국과의 활발한 문화 교류의 분위기를 엿볼 수 있다"는 설명을 덧붙였다.

서산 곳곳에는 마애삼존불과 보원사지 등 문화 유적지의 훼손을 막기 위해 가야산 송전철탑 공사와 순환도로 건설 계획을 중단하라는 현수막이 걸려 있었다. 너무나 답답한 일이다. 선조가 물려 준 문화유산 하나 제대로 지켜 나갈 줄 모르는 우리가 참으로 부끄럽기만 하다.

서산 마애불에서 자동차로 5분 남짓 걸리는 위치에 보원사지_{사적 제316호, 충남 서산시 운산면 용현리}가 있다. 백제 때 세워진 보원사에 대한 역사는 알려진 바가 없지만 남아 있는 유물들을 보면 상당히 큰 규모의 절이었음을 짐작할 수 있었다. 먼저 위로 갈수록 폭이 조금씩 좁아지면서 하늘로 상승하는 느낌을 주는 보원사지 당간지주普願寺址幢竿支柱, 보물 제103호가 우리를 반겼다. 그리고 다슬기가 살고 있는 맑은 개울을 건너자 고려 초기의 오층석탑보물 제104호이 점차 윤곽을 드러냈다.

그 석탑은 2단의 기단 위에 5층의 탑신塔身을 올린 형태로 탑 꼭대기에 찰주가 남아 있는 날렵하면서도 우아한 느낌을 주었다. 나는 아래 기단에 새겨진 사자상들을 눈여겨보았는데, 비록 선명하지는 않아도 사자상 하나하나마다 몸짓이 다르다는 사실이 흥미로웠다. 보원사지는 2017년까지 발굴 조사가 계속 진행될 예정이라 사람들이 들어가지 못하게 줄을 쳐 둔 곳이 많다. 그렇지만 보원사의 옛 자취를 더듬어 볼 수 있도록 길을 잘 만들어 두어 불편함은 전혀 없었다.

보원사의 옛터에는 신라 말과 고려 초의 고승인 법인국사 탄문坦文의 사리를 모신 법인국사보승탑보물 제105호과 보승탑비보물 제106호도 있다. 법인국사의 부도와 비는 모두 고려 시대에 세운 것으로 통일신라 시대에 비해 거대하고 웅장해진 반면 예술적 가치와 정교한 기법이 떨어지는 것 같았다. 그래도 소박한 맛이 있어 정겨운 느낌이 들었다.

우리는 다시 징검다리를 건너 승려들이 물을 담아 쓰던 돌그릇인 보원사지 석조普願寺址石槽, 보물 제102호를 구경했다. 화강석의 통돌을 파서 만든 직사각형의 석조 크기로 미루어 볼 때 보원사의 규모를 또 한번 짐작할 수 있었다.

마애삼존불 부근에 있는 음식점에 들러 된장찌개로 맛있는 점심을 하고 우리는 개심사開心寺, 서산시 운산면 신창리를 향했다. 백제 의자왕 때 혜감국사가 세운 개심사. 운치 있는 풍경에다 자연스러움 그대로 건물을 지어 품격이 있으면서도 소탈한 멋이 있는 절이다. 나는 휘어진 나무를 그대로 살린 해탈문 기둥뿐만 아니라 심검당尋劍堂, 문화재자료 제358호, 종루의 기둥과 해우소解憂

所에 이르기까지 자연스러움이 돋보이는 개심사의 넉넉함이 참 좋았다.

그새 황사바람이 지나갔는지
쌀겨처럼 보얗게 시간을 뒤집어썼다.
아무리 귀를 막아도 들린다.
시멘트 벽에 기대어 근육위축증으로
몸을 뒤트는 봄풀들의
관절 풀리는 소리.

－노향림의 '낯익은 봄' 일부

　　서산 나들이를 끝내고 마산으로 돌아가는 길에는 벌써 깊은 어둠이 깔리기 시작했다. 우리는 3m 앞도 보이지 않는 지독한 안개를 뚫고 달려가기도 했다. 개심사에서 처음 본 백동백의 단아함이 내 머릿속에서 떠나질 않았다. 그리고 여기저기 화려한 봄꽃들이 꽃망울을 터뜨리기 시작하는 소리가 휘파람 소리처럼 경쾌하게 들리는 듯했다. _2007. 3. 28

*1965년에 설치된 서산마애삼존불상 보호각이 2007년 12월에 철거되었습니다.

■찾아가는 길
•서해안고속도로 해미 I.C→해미→해미읍성 /경부고속도로 천안 I.C→아산→예산 →45번 국도→덕산→해미→해미읍성
•서해안고속도로 서산 I.C→32번 국도→운산→고풍라→서산마애삼존불상 /경부고속도로 천안 I.C→아산→예산→45번 국도→덕산→운산(원평리)→618번 지방도→고풍라→서산마애삼존불상
•서해안고속도로 서산 I.C→32번 국도→운산→고풍라→보원사지 /경부고속도로 천안 I.C→아산 →예산 →45번 국도→덕산→운산(원평리)→618번 지방도→고풍라→ 보원사지
•서해안고속도로 서산 I.C→32번 국도→운산→한우개량사업소→개심사 입구→개심사/경부고속도로 천안 I.C→아산→예산→덕산→해미→운산 방향→개심사 입구→개심사

밀려오는 감동에 울고 싶었던 '천불천탑 운주사'
고인돌 공원, 쌍봉사, 운주사, 보림사 등 전라도 여행기

나는 지난 10일 하루 동안 가까이 지내는 사람들과 전라도 여행을 다녀왔다. 우리 일행은 모두 여덟 명. 나이와 걸어온 길은 저마다 다르나 공통점이 두 가지 있다. 우리 역사를 똑바로 알고 싶어 하는 마음, 그리고 같은 교회에 나가고 있다는 거다.

우리는 아침 7시 40분에 마산을 출발하여 10시 40분께 선사시대의 문화유산을 한눈에 볼 수 있는 고인돌 공원전남문화재자료 제154호, 전남 순천시 송광면 우산리을 먼저 찾았다. 고인돌 공원은 1991년에 완공된 주암댐 건설 당시 순천시와 화순군, 보성군의 수몰 지역에 있던 선사시대 유적과 유물 등을 한자리에 모아 놓은 곳으로 우리나라에서 처음 문을 연 선사 유적 공원이다.

"우리나라는 거석문화巨石文化가 널리 분포된 나라이다"는 김건선 통영여고 선생님의 설명을 들으면서 우리는 순천 우산리 내우마을에 있던 고인돌 군부터 보기 시작했다. 고인돌은 우리나라 청동기시대의 대표적인 무덤이다. 지난 2000년 고창, 화순, 강화 고인돌유적이 유네스코 세계문화유산으로 등록된 일은 우리나라에 그만큼 고인돌이 많이 분포되어 있다는 말이기도 하다.

그런데 학창 시절 교과서에서 배운 고인돌을 마치 먼 나라 이야기처럼 기억하고 있는 이유가 대체 무엇일까. 그날 나는 책 속의 고인돌이 아닌, 실제의 고인돌을 처음으로 보면서 왠지 부끄러웠다.

순천 우산리 내우마을 고인돌군은 남방식바둑판식 고인돌이다. 주검을 넣는 무덤방石室이 땅속에 있고 거대한 덮개돌上石을 위에 올려놓은 형식으로 그 사이에 받침돌支石이 있다. 그런데 덮개돌을 옮기려면 많은 사람들의 힘이 필요했을 텐데, 그렇다면 그 당시에 이미 강력한 권력을 가진 족장이 있지 않았을까 하는 생각이 들었다. 우리는 고인돌에서 출토된 간돌검, 돌화살촉, 붉은간토기 등의 유물과 선돌, 솟대, 복원하여 전시해 둔 화순 지역의 구석기시대 집도 구경했다. 그리고 복원된 신석기시대와 청동기시대의 움집을 비교해 보며 고인돌 공원 안을 천천히 둘러보았다.

오전 11시 10분께 신라의 승려 도윤이 창건하면서 자신의 도호道號를 따서 이름 지었다는 쌍봉사전남 화순군 이양면 증리를 향했다. 일주문도, 천왕문도 없는 쌍봉사. 그러나 쌍봉사에 들어서자마자 바로 눈앞에 보이는 아름다운 대웅전과 이리저리 쪼르르 뛰어다니는 귀여운 다람쥐의 모습에 내 가슴이 콩닥거렸다.

3층 목조탑 양식인 대웅전은 1984년 신도들의 부주의로 불타 버렸다가 1986년에 복원된 것이다. 나는 다듬지 않은 자연 그대로의 돌 위에 세운 대웅전 기둥이 마음에 들었다. 그리고 바람이 몹시 불던 그날 대웅전의 경쾌한 풍경 소리가 지금도 들리는 듯하다. 대웅전에서 세월의 질감이 느껴지는 극락전으로 오르는 길에 석축이 있다. 가만히 들여다보면 생긴 모양 그대로 돌을 끼워 맞춘 것 같다. 석축의 돌 하나하나에도 불심을 가지고 쌓은 흔적이 남아 있었다.

우리는 대나무 숲이 있는 길 따라 쌍봉사 철감선사탑과 철감선사탑비를 보러 갔다. 철감선사는 바로 도윤의 시호가 아닌가. 역사를 전공한 김건선 선생님은 "쌍봉사 철감선사탑국보 제57호은 당시의 목조 건물을 재현한 형태로 통일신라시대의 건축사 연구에 중요한 자료를 제공해 주는 부도탑이다"고 말해 주었다.

지붕의 겹처마, 막새를 장식한 연화문, 섬세하게 또르르 말려 올라간 연꽃 무늬, 구름과 절묘한 조화를 이루며 굼틀거리는 용의 모습과 노래 부르는 듯한 극락조 등 정교한 철감선사탑의 아름다움에 나는 폭 빠져 버렸다. 그리고 그곳에 사천왕도 있었다. 그러면 부도浮屠 자체가 사천왕이 지키고 있는 수미산이 아닐까 하는 생각도 해 보았다.

비신碑身은 없어지고 귀부와 이수만 남아 있는 쌍봉사 철감선사탑비보물 제170호. 그 거북은 왼쪽 앞발은 땅을 짚고 있는데, 왜 오른쪽 앞발을 들고 있는 걸까. 그런 모습은 처음이라 모두들 의견이 분분했다. 그런데 오히려 그것 때문에 살아 있는 듯하여 금방 거북이 움직일 것 같아 보였다.

우리는 오후 1시쯤 운주사사적 제312호, 전남 화순군 도암면를 향했다. 운주사 가는 길에 있는 음식점에 들러 맛있는 추어탕을 먹었다. 전라도식 추어탕은 얼큰하고 시원한 경상도식 추어탕과 달리 걸쭉하면서 독특한 맛이 있다. 그리고 그 자리에서 마련된 작은 음악회. 우리 일행 가운데 마침 동요를 부르는 어른들의 모임인 '철부지'의 고승하 선생님과 남기용 선생님이 있었다. 그래서 노래가 있는 즐거운 여행이 되었고, 더욱이 남기용 선생님의 하모니카 소리는 낭만에 젖게 했다.

천불천탑으로 널리 알려져 있는 천불산 운주사. 어느 절에서도 볼 수 없는 특이한 형태의 석불과 석탑들이 있다. 모든 형식이 파괴되었다고 할까.

아니, 더 정확히 말하면 우리의 전통적인 석탑과 석불의 형식에서 벗어났을 뿐이다. 그 나름대로의 일관성이 있어 형식이 없다는 말을 할 수 없을 것 같다. 그러나 고정관념을 깨고 편견을 버려야 하는 곳이 바로 운주사이다.

팔작 지붕 형태의 불감 안에 벽을 사이에 두고 두 불상이 등을 서로 맞대고 있는 운주사 석조불감_{보물 제797호}, 바닥에서 탑 꼭대기까지 둥근 모습을 하고 있는 원형다층석탑_{보물 제798호}, 그리고 누워 있는 부부 와불 등 불가사의한 신비를 지닌 운주사에서 나는 신선한 충격을 받았다.

운주사의 창건과 천불천탑의 건립이 도선국사에 의한 것으로 전해지기도 하나 운주사의 창건 시대와 창건 세력, 조성 배경에 대한 구체적인 기록은 없다. 그날 여행에서 내가 가장 감동을 받았던 곳이 운주사였다. 그곳에서 나는 너무 기뻐서 큰 소리로 웃고 싶었고 너무 좋아서 울고도 싶었다.

우리는 오후 4시께 운주사를 떠나 우리나라 선종이 처음 자리 잡은 보림사_{전남 장흥군 유치면 가지산}에 잠시 들렀다. 인도 가지산의 보림사, 중국 가지산의 보림사와 함께 3보림이라 부른다. 통일신라 시대에 철로 만든 대표적 불상인 철조비로자나불좌상_{국보 제117호}과 조선 시대에 만든 것으로 현존하는 것 가운데 가장 오래된 목조사천왕상_{보물 제1254호} 등을 보았다. 전라도 지방의 음식인 짱뚱어탕을 저녁으로 먹고 우리는 하루 동안의 여행을 끝내고 마산으로 길을 떠났다. 몸은 무거웠지만 마음만은 행복한 하루였다. _2006. 6. 12

■**찾아가는 길**

•순천–광주간 국도변→고인돌공원

•광주→너릿재터널→화순읍→화순중앙병원 사거리→(우회전)국도 29호선→능주→춘양→이양→보성 방면→매정리→(5.0km)→쌍봉사

•광주→너릿재터널→화순읍(국도 22 · 29호선)→화순중앙병원 사거리→(우회전)국도 29호선→능주→(우회전)지방도 822호선→도곡 효산리→평리 사거리서 좌회전→지방도 817호선→클럽900 입구→도장마을, 도암면 소재지→도암 삼거리→월전마을, 용강저수지→(우회전)운주사 주차장

부석사 돌계단은 극락으로 향한다
봄날, 소수서원과 부석사에 빠지다

나는 지난 22일 하루 동안 가까이 지내는 사람들과 경북 영주시 소수서원과 부석사 여행을 다녀왔다. 그날 아침 촉촉이 봄비가 내렸다. 비에 젖어 싱그러운 공기가 내 마음마저 경쾌하게 했다.

나는 비가 되었어요.
나는 빗방울이 되었어요.
난 날개 달린 빗방울이 되었어요.

나는 신나게 날아가.
유리창을 열어둬.
네 이마에 부딪힐 거야.
네 눈썹에 부딪힐 거야.
너를 흠뻑 적실 거야.

유리창을 열어둬.
비가 온다구!

우리 일행은 모두 아홉 명. 저마다 걸어온 길은 다르지만 자연을 사랑하고 우리 역사의 숨결을 가까이 느끼고 싶어 하는 소박한 마음은 같다. 마침 우리가 떠난 날은 서른여섯 번째로 맞는 '지구의 날'. 지구의 자연 환경을 아름답게 지키자는 뜻 깊은 날에 떠나게 된 여행이라 왠지 출발부터 산뜻했다. 아침 8시 40분에 마산을 출발한 우리 일행은 11시 30분께 소수서원사적 제55호, 경북 영주시 순흥면 내죽리으로 가는 길에 있는 음식점에 들러 먼저 허기진 배를 채웠다. 그곳 별미라는 묵조밥을 먹었는데 구수한 메밀묵과 조밥이 함께 나왔다. 여행길에 그 지방 별미를 맛보는 것 또한 즐거운 일이다.

흥선대원군이 서원 철폐를 할 때도 철폐를 면한 소수서원紹修書院은 처음에는 1543년조선 중종 38 풍기군수 주세붕이 백운동서원으로 세운 것이었다. 1550년명종 5 퇴계 이황의 건의로 우리나라 최초의 사액서원이 되었는데, 명종이 손수 '紹修書院'이라고 쓴 현판경북유형문화재 제330호이 지금도 남아 있다.

아름다운 정원이란 느낌이 들었던 소수서원 입구에는 소수서원 터가 통일신라 시대의 절인 숙수사宿水寺의 옛터임을 알려 주는 숙수사지당간지주보물 제59호가 있다. 당간지주란 절에서 행사가 있을 때 당幢이라 부르는 기旗를 달아 두는 당간을 지탱하기 위해 세운 두 개의 돌기둥을 말한다. 숙수사지 당간지주는 돌을 다듬은 솜씨가 세련되면서도 정감이 넘쳐 기억에 많이 남는다. 서원 경내에는 숙수사지에서 출토된 여러 석조 유물들을 볼 수가 있다.

아마 소수서원을 찾은 사람이라면 취한대라는 정자가 보이는 죽계천의 그윽한 풍경이 오래도록 잊히지 않을 것이다. 죽계천에 놓인 나무 다리 위에 서서 밑으로 흐르는 맑은 죽계수를 바라보면 그곳에 그대로 머무르고 싶은 마음이 들 정도로 운치가 있다. 죽계천에는 경敬과 백운동白雲洞이란 글씨가 음각된 바위가 있는데, 그 바위에는 전해져 내려오는 이야기가 있다. 1457년세조 3 순흥에 유배되어 있던 수양대군의 친동생 금성대군이 단종 복위운동을 꾀했다. 그때 이곳 순흥 사람들이 많이 희생되었다. 밤마다 죽은 혼령들이 우는 소리에 신재 주세붕이 경敬 자에 붉은 칠을 하고 정성껏 제사를 지냈더니 그 뒤로 울음소리가 그쳤다는 거다.

취한대를 굽어보는 곳에 세워져 있는 또 다른 정자인 경렴정에는 이황과 주세붕 등 이름난 선비들의 시판詩板이 걸려 있어 볼 만하다. 일행 가운데 역사를 전공한 통영여고 김건선 선생님의 재미있는 설명을 들으며 우리는 서원 정문으로 들어섰다. 유생들이 모여 강의를 듣던 강학당이 바로 나오는데, 한창 공사중이라 어수선한 분위기였다.

나는 소수서원이 학교를 앞에 두고 사당을 뒤에 세우는 중국식 방식이 아니라 학교를 동쪽에 두고 사당을 서쪽에 세워 서쪽을 으뜸으로 삼는 우리의 전통적 방식을 따르고 있다는 사실을 알게 되었다. 강학당 뒤로 스승이 기거하는 일신재동재와 직방재서재가 한 채로 되어 있고, 이른바 유생들의 기숙사인 학구재가 마치 스승의 그림자를 피해 뒤로 물러서 있듯 지어진 것이 흥미로웠다.

우리는 676년신라 문무왕 16 해동 화엄종의 종조인 의상조사가 문무왕의 뜻을 받들어 창건한 부석사영주시 부석면 북지리로 향했다. 먼저 우리는 부석사浮石寺의 석축을 눈여겨보았다. 반듯하게 다듬어 크기가 일정한 돌들로 쌓은 것이 아니라, 크고 작은 돌이든 둥글고 모난 돌이든 생긴 그대로 이용하여 자연스럽게 쌓아 올린 석축이 참으로 인상적이다. 석축과 돌계단 또한 9품 만다라를 형상화한 것으로 부석사를 찾는 사람은 석축과 돌계단을 지나면서 극락에 이르게 된다고 한다.

나는 개인적으로 부석사에 있는 두 개의 누각인 범종각과 안양루에 마음이 끌렸다. 범종각의 목어가 너무 예뻐 한참이나 쳐다보았는데, 목어는 물고기처럼 잠자지 않고 도를 닦으라는 의미를 담고 있다고 한다. 안양루에는 안양문과 안양루라는 두 개의 편액이 걸려 있다. 극락세계에 이르는 입구를 상징하는 안양문을 지나면 바로 무량수전이다. 우리나라에 남아 있는 목조 건축물로 두 번째로 오래된 무량수전국보 제18호의 아름다움을 어떻게 말로 다 할 수 있을까. 우리는 무량수전의 배흘림기둥에 매료되어 그저 바라보고만 있다가 무량수전에 봉안된 고려 시대의 소조여래좌상국보 제45호의 위엄에 놀라워하기도 했다.

의상조사를 혼자서 사모한 선묘라는 여인은 부석사 창건 설화의 주인공이다. 선묘를 모시는 선묘각이 무량수전 북서쪽으로 있다. 조그마한 크기로 초라한 느낌마저 들었다. 그래도 1975년에 그렸다는 선묘의 영정은 참 곱다. 〈나무야 나무야〉의 저자 신영복은 유적지를 돌아볼 때 우리가 새로이 읽어야 할 것이 무엇인가를 고민하라고 말했다. 그 말은 역사에서 과거가 아니라 현재를 읽고 배워야 한다는 뜻으로 여겨진다. _2006. 4. 26

■찾아가는 길

•서울→경부(중부)고속도로→신갈(호법) I.C→영동고속도로→남원주 I.C→중앙고속도로→풍기 I.C→순흥→소수서원

•부산→경부(구마)고속도로→대구→중앙고속도로→풍기 I.C→풍가→순흥→소수서원

•서울→경부(중부)고속도로→신갈(호법) I.C→영동고속도로→남원주 I.C→중앙고속도로→서제천 I.C→풍기 I.C→부석새(풍기서 부석사까지 약 30분 소요) •부산, 광주, 마산→대구(서대구 I.C 또는 북대구 I.C)→중앙고속도로→풍기 I.C→931번 지방도→부석사

4부_ 외국 여행

밤바람에 밀려드는 파도 소리에 새하얀 산호 모래들이 숨을 죽이고 있는

보라카이의 밤은 어두운 밤하늘을 아름답게 수놓는 불꽃놀이처럼 화려했다.

괜스레 한번 레게머리를 하고 싶어지는 밤이었다.

모래성을 근사하게 쌓은 아저씨가 지나가는 사람들에게 사진을 찍고 가라고 한다.

노천카페에 하나, 둘 불이 켜지는 보라카이

해변의 또 다른 풍경 속으로 나는 빨려 들어갈 것만 같았다.

한 번 타는데 140원, '지프니' 타 보셨나요?
필리핀 색다른 삶, 필리핀으로 해외 연수를 떠나다

올 7월 21일은 내 삶에서 오랫동안 잊을 수 없는 날이 될 것 같다. 필리핀 마닐라 행 비행기를 타고 경상남도 중등 영어교사 국외 어학체험연수를 떠나던 그날 밤, 누적된 피로와 비행기 멀미로 몸은 힘들어도 또 다른 나의 변신을 머릿속에 그려 보는 달콤한 시간을 가질 수 있었기 때문이다.

나를 포함해서 40명의 선생님들이 한 달 동안 공부하며 머물렀던 곳은 라구나Laguna 지역에 위치한 필리핀국립대학 라스바뇨스 캠퍼스University of the Philippines Los Banos, 이하 UPLB였다. 그곳은 필리핀국립대학University of the Philippines, 이하 UP의 6개 캠퍼스 가운데 하나로 농업과학agricultural sciences 분야에서 이름난 대학교라고 들었다.

필리핀은 1565년부터 333년이란 오랜 세월 동안 스페인의 통치를 받은 나라다. 필리핀의 수도인 마닐라에서 64km 남쪽으로 2시간 정도의 거리에 위치하고 있는 라스바뇨스Los Banos도 스페인어에서 따온 지명이다. 영어

코카콜라병과 함께 달리는 멋진 지프니. 시원한 콜라를 마시고 싶었을까. 그 아이디어가 참 기발하다.

로는 'bath목욕' 라는 뜻인데, 그 부근에 리조트나 스파들이 많은 것과 무관하지 않은 듯했다.

주말을 이용하여 마닐라, 팍상한 폭포Pagsanjan Falls, 따알 화산Taal Volcano이 있는 따가이따이Tagaytay, 보라카이 섬Boracay Island 등으로 부지런히 여행을 다니긴 했지만 한 달 동안의 필리핀 생활 근거지가 UPLB이다 보니 그 캠퍼스에서 지냈던 일들이 가장 정겨운 추억으로 기억에 남는다.

20명의 필리핀 선생님들과의 일대일 수업 시간이 되면 으레 받게 되는 질문이 있다. 바로 필리핀의 첫인상에 관한 것이다. 그때마다 나는 망설임 없이 '지프니Jeepney'라고 답했다. 도색이 요란스럽고 화려해서 예쁜 장난감 자동차를 연상하게 하는 지프니는 오토바이 오른쪽에 사이드카를 단 삼륜 자동차인 트라이시클Tricycle과 함께 필리핀의 명물이라 할 수 있다. 지프니는 미군이 쓰던 지프를 개조하거나 중고차 엔진을 달아서 똑딱똑딱 앙증맞게 만든 버스로 마주 보게 양쪽으로 길게 놓인 의자에 15명 정도 앉을 수 있는 크기이고 지붕도 낮다.

UP 캠퍼스 안으로도 지프니가 자주 다녀서 생필품이나 열대 과일 등 먹을거리를 사러 UPLB 근처에 있는 Robinsons Town Mall이나 재래시장에 갈 때면 선생님들이 쉽게 이용을 했다. 거기까지 차비가 7페소peso, 우리 돈으로 140원 정도이니까 엄청 싸다. 운전석 가까이에 앉은 사람이 뒤에 타는 사람의 차비를 받아 운전사에게 건네주게 되는데 요즘 우리나라 버스에서 보기 힘든 따뜻한 풍경이라 인상 깊었다.

그러나 지프니에서 배출되는 매연은 꽤 심각하다. 지프니 대부분이 창문과 출입문이 달려 있지 않아 손바닥이나 손수건으로 입을 가리지 않으면 매연으로 인해 숨이 막힐 것만 같았다. 그런데도 필리핀 사람들은 아무렇지 않는 듯한 표정으로 앉아 있어 한편으로 미안한 생각도 들고 한편으로 당황스럽기도 했다.

UPLB에서도 가장 내 마음에 드는 곳은 연초록 풀밭의 드넓은 운동장이었다. 아침이나 저녁에 운동장에 나가면 개를 데리고 조깅을 하거나 산책 나온 사람들, 여럿이 어울려 축구를 하는 학생들, 레인 트리Rain tree라고 부르기도 하는 아카시아 그늘 아래에서 휴식을 취하는 사람들, 그리고 화사한 도냐 루스Dona Luz를 바라보며 데이트를 즐기는 젊은 대학생들의 모습을 볼 수 있다.

어느 날 아침 운동장에 나갔다가 재미있는 일을 겪기도 했다. '로빈후드'란 이름을 가진 수탉을 데리고 산책 나온 아저씨를 만난 일이다. 그 아저씨의 나지막한 호령 소리가 떨어질 때마다 다섯 살 먹은 로빈후드는 "꼬끼오~"하고 우렁차게 울어 대는 거다. 아침마다 수탉 로빈후드를 훈련시키는 즐거움으로 산책을 나서는 아저씨에게서 삶의 여유를 배울 수 있었다.

토요일과 일요일 오후에는 개를 키우는 사람들끼리 자연스레 그곳에서 모여 이야기를 나누기도 한다. 어쩌다 멀리서 그 광경을 바라보게 되면 한가하고 평화로운 느낌이 들어 좋았다. 필리핀 사람들의 느긋한 성격에다 UPLB에 수의학대학이 있어서 그런지 캠퍼스 안에서도 종종 개들이 자유롭게 다니는 것을 보게 된다.

한번은 운동장에서 축구를 하는 여학생들을 만난 적도 있었다. 'South Hill School Inc.' 에 다니는 여학생들로 내가 사진을 찍고 싶다고 하니 모두들 멋진 포즈로 선뜻 응해 주었다. 필리핀에서는 초등학생 때부터 여학생들도 남학생들과 마찬가지로 축구를 한다는 사실을 나중에 알게 되었다.

같은 조 선생님들과 UPLB 근처에 있는 LB 스퀘어LB Suare에서 필리핀의

'산 미구엘San Miguel' 맥주를 마신 적이 있었다. LB 스퀘어는 젊은이들이 많이 찾는 곳으로 10개가 훨씬 넘어 보이는 노천 술집들이 모여 있다. 거기서 시원한 맥주로 목을 축이며 이야기를 한참 나눈 뒤 마침 지프니가 한 대 오길래 아무 생각 없이 탔다. 그런데 UP 캠퍼스 안으로 들어가지 않는 지프니였다. 할 수 없이 우리는 UP 게이트UP Gate에서 내려 숙소까지 걸어가야 했다. 키 큰 야자나무들 사이로 달빛이 교교히 내리비추던 밤이었다. 높이 떠 있는 달을 올려다보니 문득 우리집이 그리웠다.

한 달 동안이나 집을 떠나 있는 일은 이번이 처음이라 필리핀으로 떠나기까지 사실 용기도 필요했다. 그러나 지금까지와 다른 색깔과 형태의 삶이 또 나를 기다리고 있다는 은근한 기대감으로 마음이 설레기도 했다. 영어로 인한 스트레스를 받지 않고 필리핀에서의 하루하루를 오히려 색다른 경험으로 받아들이며 유익하게 지낼 수 있었던 것도 그런 즐거운 마음 덕분이었다. _2007. 8. 21

뗏목 타고 팍상한 폭포를 통과하다
필리핀2 팍상한 폭포 여행.. 스릴 있는 방카 투어에 폭포 수 마사지까지

　　나는 지난 7월 21일 밤에 필리핀 마닐라행 비행기를 타고 경상남도교육청에서 주최한 중등 영어교사 국외 어학체험연수를 떠났다. 니노이 아키노 국제공항에 도착하여 라스바뇨스Los Banos를 향해 버스로 이동했을 때는 온 거리가 고요히 잠든 한밤중이었다.

　　라구나Laguna 지역에 있는 필리핀국립대학 라스바뇨스 캠퍼스University of the Philippines Los Banos에서 23일부터 본격적인 영어 연수가 시작되었는데 미국, 호주 출신 원어민 선생님들과의 테솔TESOL 수업, 20명의 필리핀 선생님들과 일대일로 하는 수업 등이 하루하루 빠듯하게 짜여 있었다.

　　집 떠나면 고생이라 하더니 그 말이 꼭 들어맞았다. 전력이 부족한 나라라 한 달 있는 동안에도 몇 번이나 정전 사고가 있을 정도로 불편한 점이 한둘이 아니었지만 차츰차츰 적응해 나갔다. 수업이 없는 토요일과 일요일에는 부지런히 필리핀 여행을 다닐 생각이었다. 지난 7월 28일에 떠난 '팍상한 폭포'가 필리핀에서의 첫 여행지였다.

팍상한 폭포Pagsanjan Falls는 내가 머물렀던 라스바뇨스와 같은 라구나 지역에 있어 하루 관광 코스로 잡기에 좋았다. 그곳 팍상한 마을은 베트남전쟁을 다룬 영화인 프란시스 포드 코폴라의 〈지옥의 묵시록Apocalypse Now, 1979〉과 올리버 스톤의 〈플래툰Platoon, 1986〉, 그리고 조성모의 뮤직 비디오 〈아시나요〉가 촬영된 곳으로도 유명하다.

우리 일행은 강변에 자리한 리조트에서 점심을 먹은 뒤 구명조끼를 걸쳐 입고 방카banca라고 부르는 배를 타러 갔다. 한 사람만 앉을 수 있을 정도의 좁은 폭에 기다랗게 생긴 방카에는 보통 손님 두 명이 타며 사공 둘은 배 앞뒤에 타게 된다. 배를 타고 흐르는 강물을 거슬러 팍상한 폭포로 가는 길은 색다른 여행이었다. 자칫 몸의 균형을 잃어 버리면 그만 배가 기울어질 것만 같은 순간순간의 두려움이 흡사 알 수 없는 우리 인생길을 걷는 기분이었다.

험하고 거친 절벽 사이로 흐르는 강물을 가르며 사공들이 천천히 배를 저어 갈 때면 낭만에 젖기도 하지만, 물살이 빨라지면 사공들의 움직임이 갑자기 바빠지면서 우리도 아슬아슬한 모험의 스릴을 즐기게 된다. 발로 바위를 밀치며 앞으로 나아가는 사공들의 재빠른 몸놀림은 마치 서커스의 놀라운 묘기를 보는 듯하고 노련한 음악가의 악기 연주를 감상하는 것 같아 절로 입이 딱 벌어졌다.

종종 바위틈 사이로 올라가거나 수심이 얕은 곳을 지나가야 할 때가 있는데 그때마다 사공들이 내려서서 배를 끌고 밀어 올리기도 했다. 배 안에 그저 앉아 있는 것이 왠지 송구스러울 정도이다. 팍상한 폭포로 가는 뱃길에는 관광객들을 태운 수많은 방카들이 오간다. 서로 먼저 가려고 거칠게 다투지 않고 한쪽으로 비켜서서 차례를 기다리는 느긋한 광경 또한 기억에

떼목을 타고 팍상한 폭포로 이동하는 사람들과 폭포수를 맞고 돌아오는 사람들

남는다. 이따금 나이가 지긋한 사공도 눈에 띄는데, 배 앞쪽에 앉은 내 사공은 서른넷, 이름이 리또Lito였다. 그의 착한 얼굴이 아직도 눈에 선하다.

어느새 팍상한 폭포의 우렁찬 소리가 들려와 내 가슴이 콩닥콩닥 뛰었다. 같은 방카를 탔던 사천여중의 이주원 선생님과 내가 뗏목으로 갈아타서 팍상한 폭포 쪽으로 천천히 이동하는 동안 사공 리또는 우리를 기다렸다. 주최 측에서 이번 필리핀 어학체험연수에 참석한 40명의 선생님들을 10명씩 해서 네 개의 조로 이미 편성해 두었는데, 내가 속한 A조가 나이가 가장 많았다.

우리는 그 A의 의미를 우스갯소리로 'Aged' 'Advanced' 'Angel' 하다가 나중에는 'All'이라 해석하기도 했다. 왜냐하면 다른 조의 몇몇 선생님들이 우리 A조와 자주 어울렸기 때문이다. 사실 한 달 연수 동안 A조가 유달리 단합이 잘된 이유는 우리가 '리차드 기어'라고 불렀던 이주원 선생님 덕분이었다. 한국으로 돌아올 무렵에는 '라구나의 간디'라는 별명까지 얻게 되었으니 그 선생님의 역할이 상당히 컸음을 짐작할 수 있다.

우리를 태운 뗏목이 팍상한 폭포를 통과하면서 우리 머리 위로 폭포수가 바로 쏟아져 내렸다. 엄청난 힘으로 내리퍼붓는 폭포수를 그대로 맞다 보니 머리가 얼얼하고 정신이 없었다. 그런데도 기분은 말할 수 없이 상쾌했다. 한마디로 정신이 번쩍 들게 하는 폭포수 마사지였다. 새해가 되면 필리핀 사람들이 그 폭포수를 맞으면서 소원을 빈다고 하는 말에 고개가 끄덕여졌다.

강물을 따라 내려가는 길에 갑자기 세찬 비가 마구 퍼붓기 시작했다. 그러자 높이 솟아 있는 절벽을 타고 부서지듯 떨어지는 하얀 빗줄기가 실같이 가느다란 폭포가 되어 흘러내리는 광경이 절경이었다. 색다른 체험을 한 팍상한 폭포를 뒤로하고 우리는 숙소로 돌아왔다. 그날 밤 우리 A조는

옐로우 망고, 바나나 등 과일과 한국에서 가져온 라면을 곁들여 조촐한 자리를 가지면서 팍상한 폭포에서 있었던 즐거운 이야기들을 시간 가는 줄 모르고 나누었다. _2007. 8. 22

환상의 섬, 보라카이로 떠나다
필리핀3 보라카이의 두 얼굴... 지상 낙원과 우울한 일상

내가 필리핀에서 어학체험연수를 받은 한 달 동안 필리핀 국내선 비행기를 타고 여행을 떠난 적이 딱 한 번 있었다. 에메랄드 빛깔의 바다와 하얀 모래가 환상적인 보라카이Boracay 섬으로 가기 위해서였다. 사실 몇 번의 망설임 끝에 떠나기로 마음먹은 여행이었다. 수영을 즐기지 않으니 수영복이 있을 리가 없었고 바나나보트나 제트스키 같은 해양 스포츠도 별로 흥미가 없었다.

그렇다고 주말을 숙소에서 혼자 지루하게 보내는 것은 더더구나 싫었다. 여행사 직원에게 돈을 지불하고 나서도 갑자기 태풍이 온다는 말이 들려 또 한 번 마음이 흔들렸다. 바탕가스Batangas 쪽으로 배낭여행 계획을 짜고 있던 같은 조의 남자 선생님들이 있긴 했지만 내가 합류할 처지는 못 되었다.

그렇게 썩 내키지 않는 기분으로 지난 8월 10일 오전 9시 40분께 라스바

환상의 섬, 보라카이. 에메랄드 빛깔의 바다가 너무도 예쁘다.

뇨스Los Banos를 떠나 마닐라 공항에 도착했다. 우리는 아시안 스피릿Asian Spirit의 국내선 프로펠러기를 탔는데, 비행기가 이륙하기 전에는 제대로 에어컨이 가동되지 않아 실내가 몹시 더웠다.

탑승객 앞 좌석 바로 코앞에 조종실이 있었다. 더워서 그런지 조종실 문도 열려 있었다. 생각지도 않게 조종석을 들여다보게 되어 재미있었다. 이륙 후 마치 롤러코스터를 타는 것처럼 아슬아슬한 순간에는 불안 반, 재미 반으로 소리를 질러 댔다. 1시간쯤 지나 까띠끌란Caticlan 공항에 드디어 착륙했을 때 모두들 약속이라도 한 것처럼 박수를 보내기도 했다.

우리는 까띠끌란 공항 근처에 있는 식당에 들어가 늦은 점심을 했다. 필리핀 식당에서는 음식을 주문하고 나면 그때부터 느긋한 마음으로 기다릴 줄 알아야 한다. '빨리 빨리' 문화에 젖어 살아온 탓에 주문한 음식을 한참 동안 기다리는 것이 처음엔 꽤 불편했다. 그런데 한국으로 돌아올 무렵에는 나도 모르게 좀 느긋해져 있어 우스웠다.

점심 식사를 마친 뒤 오토바이 오른쪽에 사이드카를 단 삼륜 자동차인 트라이시클Tricycle 등을 타고 까띠끌란 공항에서 5분도 채 걸리지 않는 거리에 있는 선착장으로 모두 이동을 했다. 그곳에서 양쪽으로 날개가 붙어 있는 방카banca를 타고 조금 더 가면 보라카이 섬에 이르게 된다.

필리핀은 6월에서 10월까지가 우기이다. 우기에는 화이트 비치가 있는 서쪽 해변의 파도가 높아 방카들은 섬의 동쪽 해변으로 드나든다. 따로 선착장이 마련되어 있지 않아 관광객들을 태울 작은 배가 이내 다가온다. 매우 짧은 거리이긴 하지만 옷이 젖지 않으려면 그 배로 옮겨 탈 수밖에 없다. 그리고 미니밴을 타고 2박 3일간 머물 리조트로 또 이동을 했다. 보라카이 숙소에 도착하는 데 꼬박 하루가 걸린 셈이다. 그것도 관광 버스, 비행기, 트라이시클, 방카, 작은 배와 미니밴 등 우스갯소리로 육해공군 안 타 본 교통수단이 없을 정도였다.

미리 예약해 둔 한국인 식당에서 저녁을 먹기 위해 화이트 비치로 갔다. 밤바람에 밀려드는 파도 소리에 새하얀 산호 모래들이 숨을 죽이고 있는 보라카이의 밤은 어두운 밤하늘을 아름답게 수놓는 불꽃놀이처럼 화려했다. 괜스레 한번 레게머리를 하고 싶어지는 밤이었다. 모래성을 근사하게 쌓은 아저씨가 사진을 찍고 가라고 한다. 노천카페에 하나, 둘 불이 켜지는 보라카이 해변의 또 다른 풍경 속으로 나는 빨려 들어갈 것만 같았다.

그 다음날 11일 오전에 우리는 각자 취향에 따라 스쿠버다이빙, 제트스키, 바나나보트와 세일링보트를 선택해서 즐겼다. 우기에는 해양 스포츠 또한 동쪽 해변에서 주로 즐긴다고 한다. 나는 고민을 하다 결국 스쿠버다이빙과 세일링보트를 하기로 결정했다. 스쿠버다이빙을 한다고 잠수복을 입고 바다 속으로 들어가긴 했지만 호흡 조절이 왜 그리 안되는지 속상했다. 예쁜 열대어와 산호초가 있는 바다 속의 풍경을 여유 있게 감상하지도 못하고 계속 허우적대기만 하다 남들보다 일찍 배가 떠 있는 곳으로 올라가야 했다.

그러나 옥빛 바다에 발을 첨벙거리며 달콤한 휴식을 취할 수 있었던 세일링보트로 아쉬움을 달랬다. 세일링보트는 해질녘에 즐기는 것이 더 낭만적일 것 같다. 지는 해를 물끄러미 바라보며 바다 위를 미끄러지듯 나아가는 모습을 상상만 해도 멋있다.

우리는 상당히 넓은 식당에서 필리핀 가수들의 흥겨운 노래를 들으면서 점심을 먹었다. 그들은 한국 노래도 많이 알고 노래 솜씨도 좋다. 그 식당에는 유달리 개들도 많이 보였다. 문 한가운데에 폼을 잡고 앉아 있는 개도 있었지만 대부분이 손님들 의자 가까이에 얌전하게 앉아 있었다. 나는 평소

화이트 비치(White Beach)

개들을 측은하게 생각하는 편이라 손님들이 먹다 남은 음식들을 여러 마리 개들에게 챙겨 주기도 했다. 화난 얼굴로 개들을 쫓아내지 않는 필리핀 사람들의 느긋함 또한 잊히지가 않는 것들 가운데 하나이다.

식당에서 나오자 보라카이 섬에 사는 몇몇 소년들이 일제히 손뼉을 치면서 "대한민국!"하고 외치더니 갑자기 물속으로 풍당 뛰어드는 거다. 한국 사람들의 관심을 끌어서 용돈을 벌기 위한, 그들 나름대로 머리를 짜서 생각해 낸 묘기일 것이다. 조가비 등으로 예쁘게 만든 목걸이와 팔찌를 파는 어린 소녀들도 있다. 구김살 없이 환한 미소로 참 예뻤던, 한 소녀의 얼굴이 떠오른다. 그러나 어린 나이와 어울리지 않게 벌써 삶에 지쳐 있는 듯한 표정이라고 할까, 대부분 아이들의 얼굴에 그늘이 져서 안쓰러웠다.

아일랜드 호핑 투어를 하면서 스노클링snorkeling, 수영과 낚시도 하는데, 나는 머리가 자꾸 어지러워 코코넛 주스를 마시며 그저 남들이 하는 것을 구경만 했다. 그리고 일행 몇몇과 함께 여행 경비에 포함되어 있는 코코넛 오일 마사지를 받지 않고 화이트 비치로 가기로 마음먹었다.

화이트 비치White Beach는 잘게 부서진 산호 가루가 빚어낸 하얀 모래로 유명하다. 부드러운 밀가루처럼, 달콤한 설탕처럼 보들보들하다. 그곳에는 햇볕을 즐기며 한가한 휴식 시간을 가지는 사람, 모래를 밟으며 공놀이를 하는 사람, 야자나무 그늘 아래 쉬고 있는 사람들을 볼 수 있다. 에메랄드 같이 색깔이 고운 바다로 뛰어들어 파도 타기를 하는 사람들의 모습이 몹시 신이 나 보였다. 세일링보트를 타며 낭만을 즐기는 사람들도 눈에 띈다. 저녁 노을로 물든 화이트 비치 또한 너무도 아름답다. 한마디로 지상 낙원이다.

12일 오전 보라카이 섬을 떠나 마닐라행 아시안 스피릿 비행기를 다시 타게 되었을 때의 이야기이다. 그 비행기 역시 고도가 점차 높아지자 에어

"대한민국!" 하며 물속으로 퐁당 뛰어들던 보라카이 소년들

컨을 가동하기 시작했다. 그런데 에어컨 송풍구마다 뽀얀 김을 세차게 내뿜는 거였다. 비행기 안이 갑자기 증기탕처럼 변해 버렸다. 그 광경이 너무 기막혀 절로 웃음이 나왔다.

지금 와서 보라카이 하면 전혀 다른 두 개의 얼굴로 떠오른다. 하나는 아름다운 낭만이 있는 환상의 섬이고, 또 하나는 그 낭만에 가려진 우울한 일상이다. _2007. 8. 30

세계에서 가장 작은 활화산을 아세요?

필리핀4 필리핀 따가이따이 여행.. 호수속의 호수를 보다

한 달 예정의 중등 영어교사 국외 어학체험연수 생활도 벌써 2주가 흘러가고 있었다. 나는 필리핀에 있는 동안 많은 것을 보고, 많은 것을 느끼고 싶었다. 그래서 수업이 없는 토요일과 일요일에는 부지런히 여행을 다니면서 필리핀이라는 나라를 좀 더 알고 싶었다.

나는 지난 8월 4일 세계에서 가장 작은 활화산을 볼 수 있는 따가이따이 Tagaytay로 갔다. 화산이 폭발하여 생긴 호수 속에서 다시 화산이 폭발하여 호수가 생겼다는 말을 처음 들었을 때부터 호기심이 발동하기 시작했다. 이중 구조의 화산, 호수 속의 호수를 본다는 설렘으로 출발 전날 밤부터 나는 들뜬 기분이었다.

마닐라에서 남쪽으로 1시간 30분 거리에 위치하고 있는 따가이따이는 이름난 휴양지로 필리핀 젊은이들 사이에 인기 있는 신혼여행지라고 한다. 그래서 그런지 따가이따이로 들어서자 여느 곳과 달리 예쁘게 꾸민 집들이 눈길을 끌었다. 우리 일행은 먼저 따알 호수Taal Lake가 바라보이는 리조트에서 점심을 맛있게 먹었다. 음식도 입에 맞고 곁들여 나온 파인애플이 그 지역에서 생산된 거라 환상적인 맛이었다. 게다가 차려 놓은 음식에 달라붙는 파리들을 '송 오브 인디아song of India' 잎으로 쫓아내는 광경 또한 인상적이었다.

우리 일행은 따알 호수를 건너기 위해 방카를 타기 시작했다. 팍상한 폭포로 갈 때 탔던 것과는 또 다른 모양의 방카이다. 시원한 바람에 온몸을 내맡긴 채 호수의 그림 같은 풍경에 젖어 있다 보니 어느새 화산섬에 도착했다.

많은 마부들이 말을 타고 관광객들을 기다리고 있는 모습이 퍽 이색적이었다. 마부들은 화산섬에 살고 있는 주민들로 나이가 지긋이 들어 보이는 할아버지도 보이고 어린 꼬마가 한둘 있을 것 같은 아줌마도 눈에 띄었다. 먹고 사는 게 힘들어 아이들도 학교에 보내지 않는다고 하니 안쓰러운 마음도 들었다.

말을 타고 화산섬 정상까지 가는데 걸리는 시간은 1시간 정도. 나는 말을 처음 타서 균형을 제대로 잡지 못해 자꾸 몸이 흔들흔들했다. 떨어질 것만 같아 겁을 잔뜩 먹은데다 말을 잡고 걸어가던 마부도 잠시 후 같이 말 등에 타게 되니 비탈진 언덕을 올라갈 때면 말이 너무 힘들어 보여 마음도 불편해졌다. 내 마부는 우리 중고등학생 나이로 보였다. 그곳에 한국 관광객들이 많이 오기 때문에 우리말도 몇 개 외워서 알고 있었다. 드디어 정상에 올랐는데, 갑자기 내 마부 옆으로 여자 아이가 바싹 붙더니 나보고 콜라를 사 주라고 한다. 가만히 있어도 나중에 알아서 팁을 줄 텐데 하는 생각도 들고 마부가 그 콜라를 마시지 않을 거라는 짐작도 갔지만 모르는 척하고 그냥 1달러를 줬다.

따알 호수 속에 떠 있는 화산섬에서 말을 타고 가는 사람들

나는 호수 속의 호수를 감탄의 눈으로 바라보았다. 아직도 부글부글 끓고 있는 활화산이지만 겉으로는 잔잔한 호수 같았다. 문득 올라오면서 힘들어 배가 갑자기 고팠는지 어느새 풀을 뜯어 입에 물고 있던 말의 모습이 떠올랐다.

거기에서 열대 과일 코코넛을 파는 장사꾼도 있었다. 코코야자 나무의 열매인 코코넛coconut은 버릴 것이 없는 과일이다. 코코넛에 빨대를 꽂아 통째로 들고 마시거나 속의 하얀 코프라를 같이 넣어 부코 주스를 만들어 마시기도 한다. 부코buko는 코코넛을 뜻하는 따갈로그어Tagalog인데, 부코 주스는 갈증 해소도 되지만 위장에도 좋다고 한다. 처음 맛봤을 때는 솔직히 무슨 맛인지 모를 정도였는데, 점점 코코넛의 맛에 빠져들어 한국으로 돌아올 무렵 나는 코코넛 예찬자가 되었다.

말을 타고 되돌아가는 길에도 내 마음은 여전히 불편했다. 말을 잡고 같이 걸어서 내려가고 싶은 생각이 꿀떡 같았다. 한번 그렇게 시도를 해 보기도 했는데 오가는 말들이 많아 먼지가 워낙 일어서 그만 포기하고 말았다. 마음속으로 내 어린 마부가 행복하게 살기를 기도하면서 방카를 타고 리조트로 다시 돌아갔다.

마침 일행이 흔히 원숭이 바나나monkey banana라고 부르는 시뇨리따 바나나senorita banana를 사 가지고 왔다. 원숭이 바나나는 파인애플과 함께 따가이따이에서 생산되는 과일로 크기가 작지만 아주 맛이 있었다. 사실 한 달 동안 필리핀에 있는 동안 가장 많이 먹은 과일이 바나나이다. 그래도 따가이따이에서 먹었던 원숭이 바나나 맛을 따라가지는 못할 것 같다. 지금도 신비한 호수 속의 호수를 볼 수 있었던 따가이따이를 생각하면 풀을 입에 물고 힘들게 올라가던 말과 가난이 힘겨운 어린 마부의 얼굴이 떠오른다.

_2007. 8. 24

영웅 호세 리잘이 숨쉬고 있는 마닐라
필리핀 인트라무로스 산티아고 요새, 마닐라 대성당, 산 아구스틴 교회에 가다

　필리핀 연수 팀은 같은 기간에 떠난 캐나다와 호주 연수 팀들과 달리 홈스테이를 하지 않고 UPLB 안의 숙소에서 같이 생활했다. 그래서 "오라버니, 언니, 누님"하면서 우리 A조 선생님들끼리 가깝게 지냈는데, 지난 8월 5일에는 우리끼리 주말여행으로 필리핀의 수도인 마닐라를 다녀오게 되었다.

　마닐라 여행은 인트라무로스Intramuros에서 시작해야 한다. 무려 300여 년 동안이나 스페인 지배를 받아야 했던 필리핀의 뼈아픈 역사를 피부로 느낄 수 있는 곳이 바로 인트라무로스이기 때문이다. 마닐라 중심부를 흐르는 파시그강Pasig River의 둑을 따라 스페인 식민 시대인 16세기 말에 세워진 인트라무로스는 '벽의 안쪽within the walls' 이라는 뜻을 지닌 거대한 성벽 도시the Walled City였다.

　그곳에는 산티아고 요새Fort Santiago, 마닐라 대성당Manila Cathedral과 산 아구스틴 교회San Agustin Church 등이 있다. 우리는 먼저 인트라무로스에서 가장 오래된 요새로 스페인 군대의 사령부로 쓰였던 산티아고 요새로 갔다.

산티아고 요새는 특히 필리핀의 국민 영웅인 호세 리잘Dr. Jose Rizal이 '나의 마지막 작별Mi Ultimo Adios'이란 시를 그가 사랑했던 조국에 남기고 떠난 곳이다. 지상에서의 마지막 밤을 그곳에서 보내고 1896년 12월 30일에 바굼바얀Bagumbayan의 처형장으로 그가 끌려간 길 따라 발자국 표시를 해 놓은 것이 필리핀 사람들의 안타까운 눈물을 보는 것 같아 기억에 오래 남는다.

호세 리잘이 처형된 곳에는 리잘 기념탑이 세워져 있고 그의 이름을 따서 리잘 공원Rizal Park이 조성되어 있다. 리잘은 처형될 때 스페인 군사들에게 무릎을 꿇을 수 없다 하여 돌아서서 총을 맞았다고 한다. 또 일설에 의하면 불쌍한 필리핀 사람들을 두고 떠나는 것이 싫었기 때문이라고도 한다. 그때 그의 나이가 서른여섯. 의사이면서 시인이고 소설가였던 그는 여러 외국어에도 능통했다. 글로써 스페인의 탄압을 고발하고 필리핀 국민들의 의식을 깨우쳤던 그는 조국의 독립을 위해 자신의 부와 명예를 다 버렸기 때문에 오늘까지도 필리핀 사람들의 존경을 받는 것 같다.

나는 우연히 8월 16일에 캐스리나Kathrina라는 필리핀 선생님의 차를 얻어 타고 라구나의 칼람바 시Calamba City에 있는 리잘 생가Rizal Shrine에 간 적이 있었다. 그곳을 둘러보면서 절로 그의 위대함에 고개가 숙여졌다. 그 당시 편안하게 살아갈 수 있는 많은 재산, 남들의 부러움을 살 만한 명예와 학벌에다 사랑하는 여인까지 있었음에도 조국을 위해 모든 것을 포기했다는 것은 결코 쉬운 일이 아니지 않는가.

그래서 리잘의 생가가 있는 라구나 지역에서는 리잘의 생일인 6월 19일을 '라구나의 날'로 정해 기념하고 있다. 로마가톨릭교가 83퍼센트를 차지하는 나라인 필리핀에서는 성모마리아 상을 쉽게 볼 수 있는데, 남자 동상

필리핀의 국민 영웅인 호세 리잘이 갇혀 있었던 산티아고 요새

으로는 호세 리잘의 동상이 가장 많다.

산티아고 요새는 또한 2차 세계대전 때 수백 명의 필리핀 사람들이 일본군에 의해 지하 감옥에 갇혀 고문을 당하고 처형되기도 했던 곳이다. 1950년에 그곳을 '자유의 성전Shrine of Freedom' 이라 선언한 후로 공원으로 조성하게 되었다고 전해진다. 우리는 산티아고 요새에서 나와서 가까이에 있는 마닐라 대성당으로 걸어갔다. 마침 칼레사Calesa라 부르는 마차가 지나갔다. 마치 옛날로 돌아간 듯한 이색적인 풍경이다.

마닐라 대성당은 1581년에 세워졌으나 오랜 세월 동안 화재, 전쟁과 자연재해로 많이 파괴되어 몇 차례나 큰 보수 공사를 겪었다 한다. 그리고 메트로 마닐라에서 가장 오래된 바로크 양식의 석조 건축물인 산 아구스틴 교회에도 잠시 들렀다. 그날 두 곳 모두 결혼식을 하고 있어 꽤 복잡했다. 어느 책자에서 요즘 산 아구스틴 교회가 특히 최고의 결혼식 장소로 꼽히고 있다는 글을 읽었던 게 떠올랐다.

마닐라 여행길에는 군데군데 빈민 지역들slum areas을 볼 수 있다. 비록 차창 밖으로 스쳐 지나가는 풍경이지만 한눈에도 비참한 생활을 짐작할 수 있다. 메트로 마닐라Metro Manila, 마닐라 수도권의 주요 도시에는 글로리에따Glorietta와 SM 계열의 몰 오브 아시아Mall of Asia 같이 규모가 매우 크고 화려한 쇼핑몰이 있는데, 그것과 큰 대조를 이루고 있어 외국인인 내가 봐도 안타까울 정도였다.

필리핀의 쇼핑몰에는 건물로 들어가는 입구와 건물에서 밖으로 나가는 출구를 따로 해 놓고 손님들마다 총기류, 마약, 폭탄 등을 소지하고 있는지 검사를 한다. 몰 오브 아시아에서는 개도 한몫을 거들고 있어 참 인상적이었다.

나이가 들수록 혼자 힘으로 살아갈 수 없다는 것을 배운다. 주위 사람들의 도움에 힘입어 살고 있다는 것을 더욱더 깨닫게 되면서 겸손해지는 것 같다. 필리핀에서 한 달 동안 여러 선생님들과 어학체험연수를 받으면서 사람이 꽃보다 더 아름답다는 의미를 곱씹어 생각해 보는 시간을 가질 수 있었다. _2007. 9. 3

예쁜 물고기와 함께 수영하는 기분, 환상이에요!
태국 끄라비 호랑이 동굴 사원과 뽀다섬에 다녀와서

나는 지난 10일부터 16일까지 유네스코 한국위원회 경남지부와 태국 유네스코의 자매결연 사업으로 추진되고 있는 '홈스테이를 통한 학생 교류 프로그램'에 인솔 교사로 참가하게 되어 태국 끄라비Krabi를 다녀오는 행운을 누릴 수 있었다.

끄라비는 방콕에서 비행기로 1시간 남짓 걸리는 위치에 있다. 유럽 사람들이 즐겨 찾는 그곳은 긴 꼬리 배longtail boat를 타고 여러 섬들을 돌아보는 아일랜드 호핑island hopping이 가장 인기가 있다. 안다만해Andaman Sea의 섬들을 돌면서 수영, 스노클링snorkeling, 일광욕을 즐기고 휴식을 취하기에 참으로 매력적인 곳이다.

끝없이 펼쳐지는 고무나무rubber tree와 야자나무palm tree 재배 농장은 끄라비의 또 다른 든든한 자산이다. 특히 야자유palm oil로 석유의 대체에너지인 바이오디젤을 생산하기 위해 연구, 개발하는 끄라비 사람들에게서 나는 많

아름다운 뽀다섬(Poda Island)

은 것을 배울 수 있었다.

지난 14일 우리 일행은 자매결연을 맺은 암마파니츠누클 학교 Ammartpanichnukul School를 둘러보고 호랑이 동굴 사원Wat Tham Seua과 아름다운 뽀다섬Poda Island에 갔다. 태국 전체 인구의 90 퍼센트 이상이 불교를 믿고 있지만 끄라비에는 이슬람교도들이 많이 살고 있다. 그래서 암마파니츠누클 학교에서도 이슬람교를 믿는 학생들을 쉽게 볼 수가 있었다.

우리는 외국어 수업을 참관하고 학생들이 겨루는 타이 복싱을 구경한 뒤 끄라비 타운에서 9km 떨어져 있는 호랑이 동굴 사원을 향했다. 사원에 도착하자마자 원숭이에게 주스를 빼앗긴 어린 아들을 달래고 있는 서양인이 눈에 띄었다. 그곳에는 원숭이들이 많이 살고 있어 오히려 원숭이 사원 같은 인상을 준다. 그리고 무려 1237개나 되는 가파른 계단을 따라 석회암 절벽 꼭대기에 이르면 불상과 부처 발자국이 있다고 한다. 사실 '꼭대기까지 설치해 놓은 계단'이 내 호기심을 부추겼지만 날씨가 무덥고 시간도 없어 엄두를 못 내고 천연 동굴 안의 사원 등을 구경했다.

태국은 여름, 우기, 겨울건기의 세 계절이 있는 열대몬순기후 나라다. 1월은 겨울에 해당하여 세 계절 가운데 가장 시원하지만 한낮에는 32도까지 올라갈 정도로 역시 무더운 날씨다. 끄라비는 우기와 혹서the hot season의 두 계절로 나뉘어져 있는데, 1월은 혹서에 해당된다. 그래서 태국 여행에서 가장 힘든 것이 아마 더운 날씨였던 것 같다.

우리는 뽀다섬으로 가기 위해 아오 낭Ao Nang에서 배를 탔다. 맹그로브숲 mangrove forests과 기이한 형태의 섬들이 우리의 눈길을 끌었다. 25분 남짓 갔을까, 우리는 드디어 터키 옥색의 바다로 둘러싸여 있는 뽀다섬에 도착했다.

'호랑이 동굴 사원' 이라 부르는 Wat Tham Seua

뿌다섬은 하얀 모래, 투명한 바다와 밝은 햇살이 어우러진 환상적인 섬이다. 금빛 햇살이 쏟아져 내리는 모래밭에 누워서 일광욕을 즐기거나 달콤한 낮잠에 빠져 있는 관광객들의 모습이 한가로워서 좋았다. 번잡한 일상에서 벗어나 아름다운 자연 속에서 휴식하며 재충전의 시간을 가지고 있는 그들의 느긋함이 내 마음밭으로도 스며드는 듯했다. 갑자기 바닷물 속으로 우르르 뛰어드는 우리 아이들로 인해 그 한가한 풍경이 깨어질까 괜스레 마음이 쓰였다.

수정처럼 투명한 바닷속을 들여다보면 화려한 색깔의 물고기들이 노닐고 있다. 예쁜 물고기들과 사람이 같이 헤엄을 칠 수 있는 바다를 한 번이라도 상상해 본 적이 있는가. 그 상상조차 하지 못했던 풍경이 바로 우리들 눈앞에서 아름답게 펼쳐지고 있었다.

매서운 추위로 꽁꽁 얼어붙은 한국 소식을 전해 들은 우리는 뿌다섬에서 마치 한겨울 속의 시원한 여름을 즐기는 듯한 묘한 기분이 들었다. 얼마 후 낭만적인 뿌다섬을 뒤로하고 우리는 치킨섬Chicken Island 등을 거쳐 놉파랏타라 해변Noppharat Thara beach에 도착했다. 외세의 지배를 한 번도 받은 적이 없는 태국. 푸른 하늘, 드맑은 바다를 꿈꾸며 야자유로 바이오디젤을 개발하고 있는 그들의 저력을 생각해 본 하루였다. _2008. 1. 18

에메랄드 불상은 정말 '에메랄드'로 만들었을까?
태국2 파크레드 중등학교와 에메랄드 사원을 다녀와서

태국은 한국보다 2시간이 느리다. 예컨대 우리 일행이 방콕의 수완나품 공항Suvarnabhumi Airport에 도착한 시간은 오후 2시 20분께. 그러면 태국 시간으로는 12시 20분께가 된다는 말이다. 우리가 그곳에 갔을 때 국상 중이라 온 거리가 추모 분위기였다.

태국은 입헌군주제를 채택한 나라로 지난 2일에 라마 9세 푸미폰 아둔야뎃H.M. King Bhumibol Adulyadej 국왕의 누님인 깔리아니 공주Galyani Vadhana가 84세를 일기로 세상을 떠났다. 그래서 공항으로 마중 나온 파크레드 중등학교의 시리폰Ms. Siriporn Nuanyong을 비롯한 몇몇 선생님들도 검은 옷을 입고 있었다.

중·고등학교 과정6년을 가르치는 공립학교인 파크레드 중등학교Pakkred Secondary School는 104년의 역사를 지닌 학교로 방콕에서 40분 정도의 거리에 있는 파크레드시에 위치하고 있다. 그 학교에 처음 들어섰을 때 우리 일행을 교문에서부터 황송할 정도로 따뜻이 환영해 주던 행진 악대marching band 의 늠름한 모습이 지금도 잊히지 않는다. 그리고 지난해 12월 5일에 80번 째 생일을 맞은 푸미폰 아둔야뎃 국왕의 대형 사진과 불상을 교내에서도 볼 수 있어 신기했다.

소승불교의 한 갈래인 남방불교를 믿고 있는 태국은 전체 인구의 90% 이상이 불교 신자다. 그래서 학교, 호텔, 거리 등 어디에 가더라도 제단이 쉽게 눈에 띈다. 게다가 국민들로부터 절대적인 신망과 사랑을 받고 있는 국왕의 존재 또한 태국을 이해하는데 도움이 된다.

우리가 태국에 도착한 그 다음날에 마침 파크레드 중등학교의 개교 기념 행사가 있어 즐거운 시간을 보낼 수 있었다. 무용반 학생들을 따라 서투른 태국 춤을 함께 추고 나서 그들의 경쾌한 '자비의 춤Mercy Dance for 4-parts of Thailand Unity'을 감상했다.

그리고 돼지고기와 야채가 들어간 타이 오믈렛인 '카이 얏 사이Kai Yad Sai'를 즉석에서 배워 요리해 보기도 하고, 코코넛에 설탕을 넣어서 만든 카 놈크록kahnom krok을 맛보았는데 마치 우리나라의 국화빵 같아 신기했다.

그날 오후에 우리들은 왕궁The Grand Palace을 구경하러 방콕으로 갔다. 그 곳은 태국의 상징적 건물로 왕족의 주거를 위한 궁전뿐만 아니라 옥좌가 안치된 건물, 에메랄드 사원, 왕의 업무 집행을 위한 건물 등으로 이루어져 있다.

더욱이 그곳에 들어서면 건물들이 반짝거리는 유리, 자기, 금박으로 장식되어 있어 동화 속의 아름다운 나라에 와 있는 듯한 환상에 빠지게 된다. 나는 부처의 진신 사리를 모신 황금빛 둥근 탑인 프라 씨라따나 쩨디Phra Siratana Chedi, 라마 4세 몽쿳왕 때 만들어진 앙코르와트 석재 모형물 등을 거쳐 에메랄드 사원Temple of the Emerald Buddha으로 갔다.

신비로운 빛을 발하는 에메랄드 불상

높이 66cm, 너비 48.3cm 크기로 '붓싸복Busabok'이라는 태국 전통 양식의 목각 옥좌에 모신 에메랄드 불상은 높은 제단 위에서 신비로운 빛을 발하고 있었다. 에메랄드 불상은 여름, 우기와 겨울전기 해서 1년에 세 번 국왕이 직접 행차하여 옷을 갈아 입힌다고 한다. 그런데 에메랄드 불상은 실제로 녹색의 옥을 깎아 만든 것이다. 그러면 어떻게 에메랄드 불상이란 이름을 얻게 되었을까. 그 사연은 좀 싱겁다. 한마디로 그것을 처음 발견했던 스님이 에메랄드로 잘못 알았기 때문이다.

그러나 그 불상이 널리 세상에 알려지게 된 이야기는 꽤 흥미롭다. 1434년 태국 북부 치앙라이에 있는 한 사원의 사리탑 속에서 발견되었을 때만 해도 흰 석고에 싸여져 있어 그저 평범한 불상으로 여겼다. 그러나 어느 날 석고가 벗겨져 찬란한 녹색의 돌이 드러나면서 그 불상의 전설이 시작되었다는 거다.

사원 안에는 많은 사람들이 경건한 자세로 에메랄드 불상을 올려다보며 기도하듯 앉아 있었다. 그러나 바깥에는 사원으로 드나들거나, 불상 사진을 멀리서나마 찍으려는 관광객들로 북적거렸다. 또 독킴Dokkem이라는 꽃을 물에 담갔다가 머리를 세 번 톡톡 치며 행운을 비는 사람들도 눈에 띄었다.

그날 몹시 무더운 날씨에도 왕궁에 차려진 빈소에 깔리아니 공주의 죽음을 애도하는 추모객들의 행렬이 끝없이 이어져 인상적이었다. 얼마 후 우리 아이들은 에메랄드 사원에서 나와 홈스테이를 하는 태국 친구들과 함께 각자 집으로 떠나기 시작했다. 나는 버스에 앉아 코코야자 나무 사이로 큼직한 해가 달리는 듯한, 낯선 이국의 저녁 풍경에 한참 매료되었다. 그리고 짜오프라야 강변의 한 식당에서 싱아 맥주를 한 잔 들이켜면서 태국의 더위를 식혔다. _2008. 1. 21